請你下車

——夏興初極短篇小說選

夏興初——著

序　生活是創作之源

鄒元模

青年作家夏興初的小小說集就要出版了，囑我作序，我欣然應允。

二十年來特別是近幾年來，夏興初的文學創作熱情很高，曾創下一年內在國內外發表小小說六十多篇、獲獎十一次的記錄。在一年內，發表、獲獎作品數量之多，在廣安和鄰水文壇是少見的。這種現象被稱之為「夏興初現象」。之所以稱為「夏興初現象」，我認為有三：

第一、科學安排，勤奮創作是夏興初成功的基礎。夏興初是中國縣政協機關的中層領導，時間很緊。然而，他憑著熱愛文學的火熱激情，科學安排，忙而不亂，擠出時間精心創作，我認為這是他成功的基礎。而今時代，人們每時每刻都在焦躁中生活，抱怨工資低了，收入少了，福利差了，物價漲了，整個社會都在向「錢」看。所以，從事文學創作的人越來越少。然而夏興初憑著對文學的熱愛，持之以恆地堅持文學創作，而且是在百忙中擠時間創作，實在難能可貴。

第二，深入生活，善於觀察是夏興初創作的源泉。一個有作為的作家應堅持不懈地深入生活，這已是老生常談了。可是，現在的一些作家，包括一些知名作家，長年累月在大城市把自己關在鋼筋水泥房裡，遠離火熱的生活，從報刊、網路中獲取創作素材，然後加上自己的想像去創作文學作品。這種遠離生活的文學作品，使讀者讀起來沒有真實感，枯燥、乏味。這大概也是我國近代文學作品難有《三國演義》、《水滸傳》、《紅樓夢》、《西遊記》這樣的傳世之作的一個重要原因吧。夏興初一年能發表六十多篇文學作品，單從數量看，在我縣文學圈子裡就是一個了不起的奇蹟。六十多篇文學作品就需要有六十多種素材。這麼多的素材，光靠坐在辦公室裡冥思苦想是無論如何也想不出來的，必須深入生活，貼近群眾，貼近現實，時時、事事、處處做有心人，善於觀察、善於積累、善於分析才能獲取。也才能創作出璀璨如珍珠、絢麗如瑪瑙、斥鄙如投槍、寄情如洞簫的優秀作品。可以說夏興初的創作源泉就是源自生活。

第三，審時度勢，順應潮流是夏興初作品的特色。當今時代，人們都在為工作、生計不停地忙碌，生活節奏很快，長篇大著的作品很少有人讀。夏興初能夠審時度勢，順應歷史潮流，冷靜地面對現實。為了滿足人們快節奏生活的需求，他的作品大都很短，長的千把字，短的僅百來字。我覺得，短，就是夏興初作品的特色。這種小說很受讀者歡迎，閱讀這種小說有種愉悅、輕鬆感。

也許有人會說，小小說很好寫。然而我認為，其實越是短的小說越難寫。小小說雖短小，但在寫作上絕不能有半點馬虎。因為小小說選材要精、奇，構思要巧妙，文字要精練，開頭引人入勝，結尾出人意料。而且要留有空白，讓讀者去想像。一篇小小說，多則千多字，少則百把字，既要渲染出明確的主題，又要有情節，沒有深厚功底的人是難以駕馭的。一篇好的小小說，讀後能給人有種餘味無窮之感，能喚起人們去思考人生的酸甜苦辣，玩味生命的榮辱得失，透視世界的冷暖炎涼，回顧生活的所感所遇。正所謂：小小說大世界，一滴水見太陽矣。

希望夏興初以此為起點，百尺竿頭，更上層樓，早日成為小小說界的一匹黑馬。

二〇一二年仲夏

＊鄒元模，中國作家協會會員、四川省作家協會會員、廣安市作家協會副主席，鄰水縣作家協會主席，出版文學著作十餘部。

序　美的多元組合

藍炳軒

夏興初從事小小說創作有二十多年時間了，近年佳作不斷，趨於蓬勃，形成了廣安市文藝界的一道絢麗而獨特的風景。

在廣安文藝百花園中，我比較喜歡閱讀興初的小小說，他的作品簡潔中有豐碩，平和中藏峭拔，舒緩中寓遒勁，樸實中含典雅，呈現出美的多元組合風格。

首先是思想美。

興初的小小說像寓言，短小平實的故事中包蘊著作者對歷史和現實的獨特體悟和深刻思考。比如〈王嬸的心事〉通過新時代人與人之間的物理距離與心理距離恰成反比例關係這一荒誕社會現象的記敘和描寫，揭示了開放與堅守，以人為本到底是以誰為本的時代生活難題，委實具有極強的現實普遍性和時代針對性。〈失明的母親〉從一位盲人母親的角度揭示反腐倡廉的時代主題，說明眼瞎不可怕，可怕的是心靈瞎。而始終保持心靈世界的高潔，其道路可謂偉大崇高而又艱難曲折。〈優秀教師老李〉現實主義地再現了鄉村教師的原生態心境，直逼教育公平和社會公平的時代主題，其主旨是對「教師是太陽底下最光輝的職業」等荒唐論斷的偉大顛覆，還歷史以真實，還生活以真實，還人以真實。給讀者以思想的震撼和靈魂的衝擊。〈陌生來電〉通過打錯電話的小故事呼喚靈魂的覺醒和良知的回歸，給物欲橫流的浮躁現實注入崇高而清新的氣息。〈吻的秘密〉是對愛情的最新注解，也是對人性的理想化詮釋。〈別打破電話〉和〈老王進城〉以及〈緣〉均彰顯出構建和諧社會的重要性和緊迫性。〈愛的禮物〉不單單是表現感恩的主題，而是在此基礎上推進到愛心的傳承和普遍化的高度。與〈優秀教師老李〉相比，其主旨有了更進一步的挖掘與拓展。「老李」愛他的學生，但誰來愛他呢？在「局長」和某些人看來，「老李」只有愛學生的不可推卸的責任，他不能擁有或不配擁有被愛的權利。〈優秀教師老李〉從某個方面表現了愛的缺失或者不完整。到了〈愛的禮物〉，作者則傾力於愛的理想大廈的重建，前者是破舊，後者是立新。〈鄉長的茶杯〉則將筆觸深入到新時代幹群關係的縱深，引領讀者去觸摸中國政治體制那一根非常敏感的神經。

興初的小小說之美首先表現在思想寄託之上，興初小小說的思想寄託絕非簡單空洞的政治說教，而是巧妙地滲透在人物描寫和情節推進之中，給讀者品味咀嚼留下了廣闊而繽紛的藝術空間。興初小小說的思想之美呈現出豐富性與深刻性和諧統一的多元組合特徵，廣泛涉及到親情、愛情、友情，涉及到家庭、機關、學校、企業乃至整個社會，這些廣闊的領域又統一輻射到國家的精神文明建設、政治體制建設和民主法治建設的縱深，給讀者以豐富的生活教益和深刻的思想啟迪。

其次是感情美。

興初的小小說有效地繼承了中國優秀的現實主義文學傳統。尤為可喜的是，興初在繼承的同時又有自己的探索和創新。小說中的人物描寫和情節展示均打上了作者的情感烙印。作者的主觀感情與小說中的人物的感情時而重合交融，時而分道揚鑣，呈現出搖曳頓挫迷離飄逸的美學特徵，為小說陡然增添了幾分含蓄、凝重、深邃、悠揚的韻味和情趣。

在〈失明的母親〉，作者的情感與小說中母親的情感合而為一，有效地彰顯了作者的主流價值取向，增強了小說的感染力。在〈優秀教師老李〉中，作者以旁觀者的冷靜和深沉來觀察生活，又以當局者的哀傷和憂慮來體驗生活。作者似乎很同情「老李」，欲替「老李」鳴不平，又希望「老李」能自我解放，自我超越。作者彷彿要批評「局長」，但又對「局長」的尷尬感同深受，因為「老李」現象與「局長」現象遠非因果關係那麼簡單。作者情感的不確定性恰好給作品染上了一層含蓄而蒼涼的色彩。在〈陌生來電〉中，作者情感首先指向獨居老人，但又很快撤離，欣欣然關注「王總經理」的可喜變化，給淒冷的社會現實注入濃郁的理想主義的人文關懷。在〈吻的秘密〉中作者的情感高度濃縮在那一滾燙而經典的「吻」之中，作者一開始熱情洋溢地吻著女主人公「紅」，隨著情節的推進，作者又和女主人公「紅」一道去吻男主人公「宏」。所以小說中的「吻」就有了豐富的內涵。在〈別打破電話〉中，作者開始的時候頗同情老張的柔弱無助，而憤怒「高個子」的蠻橫霸道，後來欣賞「老張」的機敏，同時也微諷了「老張」的小氣與狹隘。作者的情感時而貼近人物命運，時而與人物剝離，關注社會發展和人類進步。

興初的小小說有濃郁的抒情性，作者的情感與小說情節推進和人物描寫相伴而行，有效地服務於情節的生動性和人物的典型性。

第三是結構美。

小小說寫作難就難在情節的精心佈局，興初的小小說是很講究結構的安排的。興初說小小說寫作其實也不難，只要開篇注重包袱設置和隱藏，結尾在讀者不經意時輕輕把包袱一抖就行了。這是經驗之談。對於在小小說創作的里程上艱難地跋涉了二十年的他來說，對小說結構的安排當然是駕輕就熟。

我以為，最能體現興初小小說情節結構之美的要算〈優秀教師老李〉。小說開篇，作者故作平淡地寫道：教師節那天，縣上召開慶祝大會，涼風小學教師老李再次被評為「優秀教師」。這是自有教師節以來，老李第十五次被縣上評為「優秀教師」。這個貌似累贅的開頭恰恰體現了興初的匠心，它是為人物命運的大轉折和小說情節發展的異峰突起張本蓄勢，果然，第二自然段就寫「老李」領獎證時摔倒在地，人事不省。下文通過「老李」和「局長」的對話描寫又波瀾迭起，懸念叢生。小說的「局長愕然」卒篇，言已盡而意無窮，讀者也會情不自禁地久久「愕然」。

興初的小小說結構安排並非包袱的一藏一抖的平面佈局那麼簡單，而是龍捲風似的浪濤滾滾立體推進，他注重情節發展的曲徑通幽似的反覆地搖曳、頓挫、跌宕。像〈老王進城〉、〈鄉長的茶杯〉，讀者和小說中的人物「老王」、「老劉」一樣如入迷宮，直到小說終結，我們才如撥雲霧而見天日，豁然省悟，渾身通透淋漓，暢快無比。

興初的小小說集偵破小說和懸疑小說之長，這種藝術安排，有效地給讀者造成閱讀期待和思維動勢，藉以消除閱讀疲勞和思維懶惰。這種小說情節結構的藝術性安排加強了讀者的視覺衝擊力和靈魂震撼力。

第四是手法美。

為了進一步增強故事情節的生動性和人物形象的典型性，興初熟練運用多種藝術手法。

興初善於把握敘事結構與敘述結構的辯證關係，巧妙運用敘述結構的手法。所謂敘事結構就是故事發展的客觀過程。所謂敘述結構就是作者的主觀敘述技巧，敘述結構大體上分三類，一是敘述者大於人物，又叫後視角，零聚焦，二是敘述者等於人物，這叫同視角，內聚焦，三是敘述者小於人物，這叫外視角，外聚焦。興初最擅長的是第一類，即後視角，零聚焦，這種站在第三人稱的角度，將筆觸伸向人物的心靈深處，將人物刻畫得飽滿傳神，而且作者根據人物刻畫和結構安排的需要，隨時中斷故事的客觀發展順序，在時空的錯綜變換中敘事寫人。

興初善於運用陌生化手法構置情節，刻畫人物。他把我們司空見慣且習以為常的早已經麻木了的人和事巧妙地組合到一起，給讀者的心靈以新鮮而強烈的刺激，這種由熟悉化到陌生化的過程，充分體現了作者成功的藝術追求。比如〈優秀教師老李〉，其情節和人物我們覺得既熟悉又陌生，作者把早已隱沒在我們生活背景深處的被眾人忽略甚至遺忘了的一個平凡普通的小人物揪出來放到我們眼皮底下並且用放大鏡擴大了讓我們看，我們怎能不感到驚訝，讀者的驚奇和驚訝，正是小說中人物的魅力所在。再比如〈別打破電話〉，〈老王進城〉，〈鄉長的茶杯〉故事和人物都近乎於荒誕，給讀者以恒久的思索，這都得力于作者陌生化手法的成功運用。

除此以外，作者熟練運用對比，烘托以及語言描寫，心理描寫等手法，給讀者以美的享受。

最後是語言美。

興初的語言簡潔樸素也不乏深刻和典雅，無論是敘述語言還是人物語言，都乾淨俐落，不過不及，恰到好處。

興初的小說語言具有散文化傾向。他多用白描似的輕淡之筆寫人敘事，給讀者留下無限的想像空間，從而收到四兩撥千斤的藝術功效。從興初的小說創作過程中，我們看到了他對語言的不懈追求，以及這種追求所帶來的可喜變化。在〈失明的母親〉中，興初的語言是平實質樸的，到了〈優秀教師老李〉和〈陌生來電〉以及〈吻的秘密〉，其語言已在平實和質樸中注入了一絲蒼涼和冷峻，而到了〈老王進城〉和〈鄉長的茶杯〉中，他的語言又有了一種輕鬆詼諧和幽默犀利的情趣。

概而言之，與初的小小說都是通過普通人物的小故事來表現時代發展的大主題。他運用平實中略帶冷峭的語言以及典型中透著新奇的手法，通過縝密而舒展的結構來彰顯感情表達的多樣性與生動性，思想寄託的豐富性與深刻性。他輕攏慢撚，淡抹閒桃，成功地彈奏出一首小小說之美的多元交響曲。

＊藍炳軒，四川省作家協會會員、廣安市首居名師，已出版文學著作六本。

目次

003 序 生活是創作之源／鄒元楧
006 序 美的多元組合／藍炳軒

025 第一輯 真情人間

026 陌生來電
028 冬日黎明
030 拐腳兒
032 錢，錢
034 家訪
036 高舉燈籠
038 葉落歸根
040 小王老師

042 邂逅
044 相親路上
046 王神經
048 尷尬回家
050 今夜不眠
052 歡迎你來猜
055 鐵桿朋友
058 回家吃飯
061 愛的禮物
064 父親來看我
066 緣
068 愛情筆
070 手機沒關
072 打電話
074 揣糞
076 離水的船

079 炒菜式生活
081 請你下車
083 一元錢的快樂

085 第二輯　世相傳真

086 雜種
088 蝸牛，蝸牛
090 救人
092 老王進城
095 採菇
097 做節目
099 一枚鵝卵石
101 冠軍是這樣得到的
103 優秀教師老李
105 遭遇身份質疑

107 寶刀
109 局長和飲水機
111 英雄老王
113 第一份工作
115 張大爺的莊稼地
118 這條小河水很深
120 《狐狸和烏鴉》的第N個版本
122 視頻相親
124 包二奶大賽
127 孟浩然當官
129 有特異功能的麻老太
132 眼跳
134 與美女合租
136 老王帶路
138 順手牽禍
140 牛股

142　午夜來電
144　老張的最後心願
146　住院
148　三顆心
150　換鎖
152　詢問
154　我想獲獎
156　羊道
158　遭遇地下人
161　普降十歲
164　別打破電話
166　讓座
168　請讓我當光棍
170　張酒罐的家事
172　尷尬招聘
174　電話鈴聲響了

176 電腦丟了
177 賊娃張三
179 膽
181 幸福
183 牆上有個攝像頭

187 第三輯　官場素描

188 找貓
190 雞冠書記
192 總經理與女秘書
194 不該獲獎
196 「酒仙」付局長
198 路燈
200 遊戲
202 狗不讓道

204 公章問題
207 一隻有思維的貓
209 誤會
211 主任今天不高興
213 酒謠
215 炒菜
217 關照
219 選職業
221 捅刀子
223 婷婷是誰
225 照相風波
227 命名
229 最新消息
231 不當秘書的理由
233 精簡稱呼
235 特殊身材

237 理想
239 燈
241 追悼會
243 局長軋了一條狗
247 局長要回鄉過春節

249 第四輯　紅心閃亮

250 人民公僕
253 村長
255 戲子小白玉
257 紅包
259 失明的母親
261 吻的秘密
263 樟樹上有個馬蜂窩
266 一個人的午後

269　阿懶養豬
272　鄉長的茶杯
274　老趙收禮
277　匿名電話
280　洗澡
282　父親進城
284　最後一堂課
286　帶你去殯儀館

290　後記

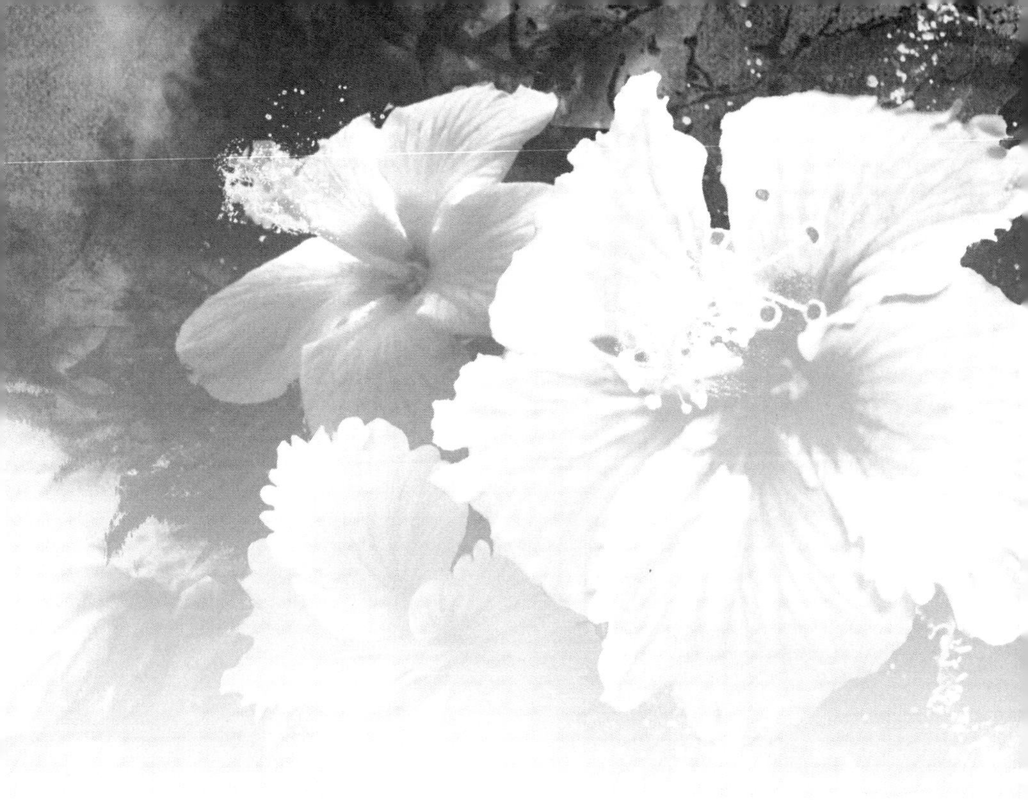

第一輯 真情人間

陌生來電

早上，王總正要出門，手機突然響了。

王總連忙接聽，裡面又傳出一個蒼老的四川口音：「兒啊，我是你老漢兒」。

王總立刻回應一句：「你打錯了！」接著，「啪」地合上手機。

剛到辦公室落座，王總的手機又響了。一接聽，裡面又傳出蒼老的聲音：「兒啊，我是你老漢兒」。

王總憤憤地說道：「老頭子，你打錯了！」接著又「啪」地合上手機。

中午，王總正在招待客商，手機又響了起來。一看，還是那個陌生的座機號碼，王總狠狠地掐了一下掛機鍵。

客商詫異地看著王總。王總苦笑著說：「有個四川老頭子一連幾天總打我電話，總在電話中『兒啊兒啊』地叫我。你是知道的，我離四川千兒八百里，不要說親人，連個朋友也沒有。」

客商說：「這是有人搞惡作劇，你可以通過『一一四』查一查，告他騷擾」。

王總迅速撥通了四川的「一一四」台，說明了情況。

過了一會兒，王總的手機再次響起。是四川「一一四」台打來的，話務員在電話中說：「先生，我們已查過了，打您電話的是一個叫張忠厚的獨居老人。他的兒子一直在外打工，從未給他打過電話。他通過別人找到了兒子的電話號碼，結果人老眼花，撥錯了號碼。打擾您了，抱歉！」

王總靜靜地聽著，隨後慢慢地移下耳邊的手機，拔了一串老家的號碼：「娘，我是二伢子，好久沒給您打電話了，身體還好吧？」

冬日黎明

鐘還沒有敲響。校園裡一片夜色。四周霧沉沉的，沒一點聲息。依稀可見操場外幾棵老梧桐樹站在那裡，稀疏的枯枝直指天空。

路燈泛著昏黃的光。他走出門來，點上一支旱煙，輕輕向操場走去。煙火星星點點，隨著他慢慢登上操場石梯。

全國一解放，他就被安排到這裡來教書。縣裡頭有好幾個局長、股長都是他啟蒙的呢，更多的是祖孫三代都挨過他的教鞭敲打。

為了感恩戴德，縣裡、鄉里的領導們好幾次都來接他到縣教師公寓去住。可他一天不見學生娃娃，一天不聽學校特有的哄鬧聲，心裡就難受。好幾次，他都偷偷的跑回來。

他仍住校門口那間值班室。雖然矮點舊點破點，但能美滋滋地欣賞孩子們在操場上跑跳。

坐久了，他有些不耐煩。望著操場上滿地紙屑，他終於想出個辦法：每天天沒亮就起床打掃操場，讓老師、學生們白天活動時乾淨一些。

走上操場，他站著簡單歇了口氣，然後細細地把操場打掃了一遍，倒完垃圾，這才輕捣著腰桿，向值班室走去。

這時，東方出現了魚肚白，起床鐘聲響了。頓時，校園裡熱鬧了起來，學生們「劈啪啪」地向操場跑去。廣播裡傳出運動進行曲的聲音。

他站在屋簷下，情不自禁地擺開架式，打起了太極拳……

拐腳兒

拐腳兒天生就走路一瘸一拐，二十七八歲了還沒婆家。

拐腳兒的父母就著急，就四處暗地裡找媒人說親。

說了一年多，拐腳兒終於和一個離過兩次婚的男人談起戀愛來。

這天，拐腳兒約好那個男人，來到村後堰塘邊散步，就聽見對岸幾個小孩嘻笑著跳進水裡。

拐腳兒便拉著男人進了一片小樹林。

剛剛坐下來，男人摟著拐腳兒正要親吻，就聽見有人喊「救命」。

拐腳兒拉著男人奔出來，只見一個小孩在水中一沉一遊。

「快去救人！」拐腳兒猛推男人一把。

男人趔趄一下：「我、我不太會水呀！」

拐腳兒沖到岸邊，撲下水去，笨拙地游向小孩。突然，她頭昏眼花，人一偏就失去了知覺。

不知過了多久，拐腳兒蘇醒過來，發現自己正躺在男人懷裡。

拐腳兒問：「小孩呢？」

「鄉親們趕來，救起後送醫院了。」男人頭上身上流著水說。

「哪個救的我？」拐腳兒細聲細氣地問。

「我呀！」男人一臉喜悅。

拐腳兒突然坐起來，一把推開他，淚眼汪汪：「你走吧，我們沒緣份！」

「真的是我救的你呀！」男人滿臉驚異。

「你能救我，為啥不能救小孩！」拐腳兒哭了。

直到現在，拐腳兒還沒嫁人。只是，時常有一個十一二歲的男孩到她家裡來，親呢地叫她「乾媽」。

錢，錢

早從「政壇」退下來的村支書李老漢殺了頭二百多斤的過年豬，心裡一高興，就打酒炒肉請左鄰右舍的鄰居們吃了一頓飯。

酒足飯飽後，李老漢搬出一張大方桌和板凳來，坐在院壩中間準備寫春聯。

一見李老漢要寫春聯，眾鄰居一下來了興致。

「李大伯，給我寫副『發大財』的，我給你十塊錢！」人堆中一個大嗓門的壯漢突然叫道。

「好，好！」李老漢戴上眼鏡，翻開對聯書，鋪好紅紙，提筆寫了下去。

怎麼？手怎麼不聽使喚了？李老漢這樣一想，紅紙上立刻出現了一條彎彎拐拐的墨線。

「哎，你怎麼搞的，看你抖抖索索的樣子，寫孬了我不給錢囉！」壯漢忙叫起來。

李老漢心一急，手越抖得厲害，最後不得不停下筆，撩起衣袖擦了擦臉。

約摸過了二十分鐘，一副對聯終於寫成。壯漢接過對聯，惋惜地說：「哎，遠不如去年寫的好喲。不過，我還是給你十塊錢。」說完，從皮包抽出一張舊的「拾圓」，遞給了李老漢。

李老漢擱下筆，伸手擋住了壯漢的錢，連聲說：「不不不，我不收錢。」

「啥？不收錢，這年頭哪有做事不收錢之理？」壯漢拿錢的手停在當中。

「我確實不收錢，說實在話，我手上的風濕病再也不能寫對聯了。今天請大家來吃頓飯，寫副對聯帶回家去，就算我為大家做點事情。」李老漢一臉坦然地說道。

眾鄰居你看我，我看你，半天說不出一句話。

家訪

一天早上，已經上課了，劉浪的座位上還是空著的。我正要問學生們，忽然聽見劉浪在門外陰陽怪氣地喊：「報告！」

我抑制住怒火，應道：「進來」。這時，只聽「哐」的一聲，門被撞開了，劉浪手抱著一摞書本，頭上卻罩著一個大大的書包。他昂首挺胸地走進教室，大大咧咧的坐到位置上。同學們頓時哄堂大笑……

我忍無可忍，盯著劉浪高聲叫道：「站起來！」劉浪這才不緊不慢的從頭上取下書包，搖搖晃晃的站起來。教室裡空氣一下子緊張起來。

我正準備狠狠地教訓一頓劉浪。不料他先開口了：「夏老師，你真會告狀嘛！」我一愣，忽然明白了過來。昨天下午，我專門到他家進行了家訪，向劉浪父母反映他上課不遵守紀律，還經常翻窗翹課的情況。誰知竟引起了劉浪對我的不滿。

轉眼過了中期考試，學校開運動會。讓人料想不到的是，劉浪在這次比賽中，雖然扭傷了腳踝，卻為我班奪得了第一名的成績。

為了送帶傷的劉浪回家，我再次見到了他的父母。他的父母見我又上門來，有些不自在。為了和諧氣氛，加之劉浪為班上爭得了榮譽，在他家中，我沒有談他的學習情況，而是當著劉浪的面，對他的父母說：「劉浪這孩子有毅力，有拼搏精神，集體主義觀念強，很不錯。」

「多謝栽培，多謝栽培。」劉浪的父親連忙點頭哈腰的對我說。劉浪一見，不好意思的笑笑。

從那以後，劉浪幾乎像換了個人似的，再也沒有調皮搗蛋了，學習成績也逐漸好起來。這是我沒有料到的。更沒想到，期末考試，他居然取得了班上第五名的好成績。

放假那天，我為班上前五名成績好的學生發完獎，特意將劉浪留在講臺上，讓他談談學習進步的感受，劉浪的臉一下子紅得像雞冠。他忽然抬起頭，看著我說：「夏老師，我再不好好學習，能對得起你在我爸媽面前說的『好話』嗎？」

我突然一愣，台下已經掌聲一片……

高舉燈籠

我的老家在偏遠山區，父親曾在那裡教過書。說準確點，是代課。那時候學校只有他一個老師。學生倒有十幾個，小的五、六歲，大的十五、六歲，一至六年級的都有。每天父親工作都很忙，除了教書，還要為學生煮午飯。山裡人家居住分散，年紀小的學生路上不安全，放學後，父親要把他們一一送到家門口，然後才拖著疲憊的身子回家和我們一起吃晚飯。

一到冬天，霧大，黑得早。學校剛放學，就近傍晚了。為了送學生回家，父親做了盞燈籠。是用竹子編成一個籃，四周糊上白紙，中間用鐵絲彎成一個圈，夾著一隻小墨水瓶，裝上煤油和燈芯就成了。一放學，父親就提著燈籠送學生。

一天，夜深了，還不見父親提著燈籠回來。我和母親站在門外，心急如焚，任由北風呼呼的颳。過了許久，只見幾個村民抬著父親回來了。父親躺在涼椅上，滿臉是血，痛苦得不能說話。見此情景，我「哇」地哭了起來，母親一個勁兒的搖著父親的肩膀，哭叫著問怎麼回事。原來，父親送完最後一個學生往家趕，走到山埡口，一陣狂風衝破了燈籠，吹滅了燈。父親看不清路，掉到山溝裡。遠遠地，幾個村民見父親燈籠突然熄了，知道出了事，都打著火把出來，救了他。

第二天天還沒亮，父親就掙扎著要起床去學校上課。他剛坐起身，正為燈籠被摔壞而犯愁，突然透過窗戶，看見一條「火龍」向我們家游移過來，父親驚奇地叫我和母親看，我一下子就被這個場景驚呆了。慢慢地，「火龍」近了，走在前面的是大隊書記。他高高舉著一盞大燈籠，對父親說：「老師，我們全大隊幾十戶人家都用木片和薄膜為你趕做了一盞燈籠，都裝上了煤油和燈芯，今後，你就儘管放心地用吧！」

父親和前來的村民緊緊地握著手，一句話也沒說。因為，他已經泣不成聲了。

葉落歸根

暖暖春陽，獨居南洋的陸老頭正在睡午覺。突然院子傳來一陣陣狗叫聲，打斷了他的午睡。

陸老頭睡眼惺忪地走出房來，就看見鄰居高老太家的幾隻狗撞得房門「啪啪」直響。

難道高老太出遠門了？陸老頭自言自語問道。他走過去，看看高老太的房門，門卻沒上鎖，閂著。

難道高老太生病了？陸老頭一驚，連忙搭梯翻牆入內，剛打開院門，幾隻狗就叼著陸老頭的褲管往裡屋拖。

臥床上，高老太平躺著，淚水打濕了枕巾，枕頭上放著一封特快專遞。

陸老頭看完信，原來高老太的丈夫高老頭春節回中國探親，不回來了。陸老頭歎了一口氣，然後握住高老太冰涼的手，說：「理解他吧，畢竟離開老家六十多年了，也想家，也想葉落歸根。」

轉眼過去了半年，陸老頭和高老太結婚了。兩老口商量著，來到了北京度蜜月。

一天晚上，陸老頭交給高老太一本房產證，滿含熱淚地說：「老婆，你也理解我吧，我也想葉落歸根。」

高老太握著陸老頭暖暖的手，使勁點點頭，說：「祖國現在富強了，誰不想回來？我也想葉落歸根啊！」

小王老師

小王老師是個女生，高中畢業後到山窪村學校當了老師。

一天，太陽已經偏西，小王老師還在教室為學生上課。小王老師宏亮的講解聲和著學生們朗朗的應答聲，穿過破舊的門窗，傳出很遠，在山谷中迴盪。

突然，門被「啪」地撞開了，沖進來一個領導模樣的人，後面跟著一個拿照相機的小伙子。

小伙子在教室裡上上下下忙活一陣，「哢嚓哢嚓」照了一通。接著，領導高聲質問小王老師：「我們三令五申禁止補課，你為啥還頂風違紀？」

「我……」小王老師被突出其來的情況嚇倒了，直打哆嗦。

「收了多少補課費？」領導厲聲問道。

「我沒收錢。」小王老師連忙答道。

「我知道你和學生早就串通好了的。那就調你到山尖村去，讓你每天走六七個小時的山路。」領導說道。

「我是個代課教師」。小王老師說道。

「代課教師？那好，我今天就宣佈解聘你！」領導說完，頭也不回就走了。

一個月後，領導再次來到山窪村學校檢查工作，看見村長正帶著學生們在山坡上上體育課。

領導問：「老師呢？」

村長說：「自從小王老師走後，就再沒有人願意到我們村教書了。」

「小王老師在哪裡？」領導問。

「到廣東打工去了。」村長說。

「我們作了調查，小王老師補課確實沒收費，是義務的。我們還瞭解到一個情況，她還是這所學校十多個留守學生的代理家長。我們錯怪她了。要不，再請她回來吧。」領導說。

電話撥通了，領導在電話中向小王老師道了歉，末了說道：「小王老師，回來上課吧。」

「我在廠裡蠻好的。」小王老師說。

「回來吧，小王老師，學生們需要你，離不開你。」領導誠懇地說。

電話那頭，突然傳來「哇」的一聲嚎哭。

邂逅

傍晚，全家福超市。

他選了幾件日用品，走到收銀台前。

她買了一袋米，不自覺地跟了上來。

他不經意扭頭：「你……」

「你，也買東西。」她的臉上不經意飛過一朵霞雲。

「天太冷，我本打算上午來買，可上午有事。」他說。

她想說，我也是。可話到喉頭又吞了回去。於是苦笑一下，低下頭緊摟住懷中的孩子。

「家裡，可好？」他其實知道她的近況。

「不，不，好……」結結巴巴，話一出口，她心裡「咚咚」直跳。不管什麼時候，碰上熟人，也問：「家裡好嗎？」她都點頭。可幹嘛今天卻這樣回答他？

「噢，我也不，好。」他掩飾不住內心的苦愁，低下了頭。

「還……一個人？」她也問了一句。話語小心得像捧著一件精緻昂貴的東西。

他點頭，表示答應。她一直認為他還是可以的。誰知她有一次開了個玩笑，說他家裡父母都有病，又貧窮，要和他分手。他竟然像受了打擊，真和她分手了。

她徹底失望了，失望的時候父母把她嫁給了一個幹部，並生了小孩。後來，那個幹部同她離了婚。

她眼淚快流了出來。

付了款，天已黑了。她抱著小孩，東西帶不走。

「我送你。」他扛起那袋米。

她心裡立刻蕩起一股溫情，心裡又「咚咚」地跳。她希望他送，可話一出口：

「不，有人來接我。」

他又信以為真了，提著自己的東西向前走去。

她不能再吃後悔藥了！當他一走，她才大喊一聲：「不，你送我！」她全身冒汗，腦袋有些發脹。

他轉過身，扛上她的那袋米，向前走去。

她抱著小孩，跟在後面。望著他那夜色中寬厚高大的背影，她心裡有很重要的話要對他好好說。她希望他不只用耳朵聽，還要用心靈。

相親路上

玉寶是消防大隊副隊長，兵們很敬重他，但爹媽卻發愁。咋啦？快奔三十的人了，談不上對象！

一天天剛亮，隊長就在院壩裡驚叫著玉寶。玉寶衝出門去，連聲問：「什麼事？什麼事？哪裡起火啦？」

隊長說：「起什麼火喲，讓你去解決自己的終身大事！」

玉寶就連忙洗漱乾淨，換了身便裝，拿著隊長給的紙條出門了。

玉寶走過一段大街，走進一條又長又窄的巷子。他抬頭一望，兩邊的高樓將巷子夾成一條縫，簡直就像「一線天」，層層陽臺上堆放著花缽盆罐之類的雜物。

媽呀，太危險了！玉寶倒吸一口氣，連忙跑過了那條巷子。

姑娘的家就在巷子的盡頭。按照隊長的約定，她早已在那裡等著。見過面，玉寶就問：「你家附近裝有消火栓嗎？除了這條巷子進出外，還有沒有出口？」

「怎麼啦？」姑娘一臉疑惑。

「沒什麼，沒什麼，隨便問問」。玉寶連忙說。

走上樓道，玉寶見每層樓的住戶門前都堆著蜂窩煤和柴塊、刨花之類的東西。他憂心忡忡地說：「這條巷子又窄又長，消防車又開不進來，萬一失火怎麼辦？太不安全了！」

進了姑娘的家。一走進廚房，玉寶就見煤氣罐旁放著一隻火爐，正生著火。玉寶就對姑娘的母親說：「伯母，煤氣罐旁邊一定不要放有火的東西，很不安全。」說著，很快把火爐挪開了。

姑娘木著臉，盯著玉寶問：「聽說你是機關幹部。我問你，你究竟是幹什麼的？」

「打、打電腦。」玉寶一下子紅了臉，結結巴巴地說。

姑娘「噗」地笑出了聲：「打電腦，我問你，你脖頸下的那塊傷疤是哪來的？」

「難道我們見過面」？玉寶問道。

「我沒猜錯的話，你就是那年紡織廠失火的時候，將我從火海裡救出來的那個消防兵。你為了把我抱出來，彎腰時被機器劃傷了頸項。」姑娘已經熱淚盈眶，「沒想到，我今天終於找到你了！」說著，竟當著母親的面，一下子撲進了玉寶的懷裡。

王神經

從我們村寨到學校，要經過一個叫黑岩口的地方。黑岩口臨崖，道路崎嶇不平，非常危險。為了安全，每天我和同伴們下晚自習回家，父母們都會在黑岩口等我們，打著手電筒接我們回家。

每次來黑岩口接我們的，還有一個人，外號王神經。

王神經是一個有精神病的單身漢。

聽父母親說，以前王神經有個兒子，讀書成績很好。有一天晚上王神經在外喝酒喝高了，等他踉踉蹌蹌去接兒子時，結果去晚了，兒子不小心滑下黑岩口摔死了。後來妻子又跑了，不知所蹤，王神經就氣出精神病了。

夜風習習，嘰嘰蟲鳴。每當我和同伴們出現在黑岩口時，王神經就和父母們一樣興奮，一樣握著手電筒，用強烈的電筒光照著我們前行的路。

然而，看到王神經傻乎乎的笑和鼻涕口水長流的樣子，我和同伴們就噁心得要死，都向他「呸」一聲，接著像躲瘟神一樣跑開。

轉眼到了秋收時節，父母們沒日沒夜地忙碌，沒功夫來黑岩口接我們。他們就讓我和同伴們自己帶上手電筒照著回家。可父母們夜裡勞作需要手電筒，我們都沒拿家裡的手電筒。

這天晚上，當我和同伴們準備摸黑過黑岩口時，突然一束手電筒光強烈地照過來，照得山路一片雪亮，接著發出一陣興奮的傻笑。

王神經！我和同伴們驚呼，連忙不顧腳下的亂石，奪路而逃。

王神經依然向往常一樣，「啊啊」地歡叫著，用手電筒光追逐著我們，一直跟到村寨。此後，每當我們摸黑走到黑岩口時，王神經都會準時出現在那裡，用手電筒光照著我和同伴們回家。漸漸地，我們不再那麼恐懼和討厭王神經了，到後來居然和他結伴而行。

然而有一天，我和同伴們走到黑岩口時，卻沒有見到王神經的手電筒。我和同伴們都嘀咕：「難道王神經病了？」我們突然害怕起來，生怕沒有王神經的手電筒照著會掉到黑岩口下面。

接下來的日子，我們沒有見到王神經，問父母才知道：就在他兒子忌日那天，王神經從他兒子墜崖的地方掉下去了。

從此，我們再沒有見到王神經。

尷尬回家

前不久，母親滿六十大壽，我終於擠出時間，向公司請了假，坐公共汽車回到了老家。吃罷午飯，前來為母親祝壽的親朋好友陸續走了。沒想到，父母送走了最後一個客人，便站到我面前：「兒啊，你也該走了，晚了就趕不上班車了。」

我連忙說：「爸、媽，我今天不走了，就在老家住一晚。」

父母突然看著我，異口同聲地問：「怎麼啦？」

我笑了笑，十分輕鬆地說：「沒啥，我向老總請了假的。」

母親靠近我，陌生地盯著我：「你以前都是剛回來就回去，今天是怎麼回事？是不是在公司做錯了事？是不是和媳婦鬧矛盾啦？」

一連串的問號把我噎住了，我連忙說：「沒事，沒事。」

「沒事？沒事你為啥不回去上班？沒事你為啥不回去照顧家？」母親反問道。

我也急了，站起來對父母說：「爸、媽，確實沒事，我只想在老家住一晚上，和你們擺談擺談，明天……」

「好了好了，不說啦，你也難得回來一次，不要搞得不愉快！」父親打斷我的話。他向母親遞了眼色，二老便轉身回屋收拾家務去了。

我連忙走進屋去，向父母作解釋。可二老不但不聽，還嘮叨個沒完：「兒啊，你現在有工作有家庭，得來不容易啊，要好好珍惜啊！」

吃過晚飯，父母催我早點睡覺。二老也不再做家務，早早睡了。我幾次走進父母親的臥室，想向他們解釋，想和他們談談心，可父母親都對我不回縣城不理解，悶悶的不搭腔。

第二天天剛濛濛亮，父母送我到小鎮坐公共汽車回城上班。父親為我在車廂角落裡放置好鹹菜之類的土特產，便緊挨我的座位坐下來，我連忙問：「爸爸，你不下車？」

母親站在車門口，大聲武氣地說：「你爸進城去看看你到底出了啥事，弄得我們昨晚上一宿沒睡。」

全車的人霎時盯著我。我頓覺滿臉通紅，一句話也說不出來。

今夜不眠

現在，你覺得很累、很累。

現在，是一個充滿詩意的夜晚。菊影遊動，暗香徐來。你剛從縣城車站追幾個棄學離家的學生回來，斜躺在竹椅上，身子骨像在醋裡泡過一般，酸軟異常。

都半夜了，你還像個人麼？你呀！妻子一如既往地嗔怪。你笑笑：誰叫我是老師呢？

你打開電扇，想驅走一天積留的疲倦。電扇響了。咚咚，門也響了。拉開門，一個消息跟進來：學生小山上廁所不慎跌在石梯上，頭部出血，昏迷過去。

「噌」地一聲，你宛如脫弦利箭，衝出門去。

每次都這樣，只要學生有了事情，你就把自己和家拋在腦後。去年春天，你高燒住院，聽說學生小中爬電杆不幸觸電，便硬撐著身子，從二樓病房走進了四樓病房去探望。

現在，你抱起小山，跑向醫院。他從小死了爹媽，叔伯不管，一直寄宿在校，是你悉心照管他，負責繳好的學費。他也很爭氣，為你掙回來半堵牆壁獎狀。

現在，醫生接住了小山。你看著地上的血，鼻子一酸，淚水奪眶而出。一定要趕快，要讓他少流點血，他的身體本來就很虛弱。你拉住醫生說，請放心，醫藥費我負責。

現在，夜色依舊充滿詩意。月華如水，疏影橫斜。你坐在醫院走廊的條椅上，卻如坐針氈，不停地看表。

……彷彿，過了整整一年。醫生終於走出來了，小山終於睜著眼睛看你了，你長舒一口氣。

現在，你再次看表，時針已指向七點，你揉了揉眼睛，向醫生叮囑了幾句，然後邁開大步向學校走去。

歡迎你來猜

下午放學，我背著書包蹦蹦跳跳地跑出校門，心裡樂滋滋的。我要早點回家去，告訴爸媽一個天大的喜訊——我獲得了全校智力競賽第一名。

風風火火地轉過街頭，我就瞧見街邊一張大紅紙上醒目地放著幾張粉紅色的百元大鈔，紙上寫著一行大字。

我不由自主地停步，定睛一瞧，原來紙上寫著「歡迎你來猜」，旁邊還有幾粒黃豆，後面坐著一個老頭。

見我停下來，老頭抬頭看看我，嘴一張，說：「小朋友，這是智力考驗。」說著，抓起幾粒黃豆用雙手鼓搗一陣，然後舉起一隻拳頭，笑眯眯地問我：「你敢嘗試嗎？」

「哼，你也不打聽打聽我是誰，我是全校聞名的智力高手，知道嗎？」我冷笑一聲，看著老頭脫口而出。

「小朋友，你是什麼我不管，我們玩一玩如何？這樣吧，看在你是小孩子的份上，我今天破一回規矩，三猜兩中，如果你猜對了，我給你一百元錢買文具，猜錯了，你趕緊回家去，別在路上逗留。」老頭慈祥地望著我說道。

「好吧，一言為定！」我蹲下身，仔細看著他。

老頭張開一隻手，讓我看了看手心裡的幾粒黃豆，接著雙手放在背後鼓搗一陣，然後伸出拳頭來，笑眯眯地看著我。

我不假思索地說：「有！」

老頭攤開手，沒有黃豆。我撓了撓腦袋。

「又來吧。」老頭仍舊笑眯眯地把雙手放到背後，然後伸出一隻拳頭來。

我想了一下，現在與剛才那次聯繫起來，老頭會認為我將猜「沒有」，也就是說，「有」的幾率更大。

「有、有！」我大聲叫道。

「哈，小朋友，又輸了！」老頭張開手讓我看成他的手心。

「來吧，再給你一次機會。」老頭笑著把雙手又放到背後。

我心裡有些急了，然而考慮到這是比賽，又很快平靜下來。我思考著，前兩次都是「沒有」，按照思維規律，老頭絕對認為我會猜「沒有」，那他就會反之，把黃豆放在手裡。

哼哼，這回你輸吧！我心裡冷笑一下。等老頭把拳頭一伸出來，我就叫道：「有！」

「哈哈，小朋友，你又輸啦！」老頭慢慢向我攤開空空的手。

「小朋友，你知道嗎？是規律性思維讓你輸了。對待任何事物，我們不能靠簡單的規律去判定它，甚至左右它的發展，否則就會失敗。猜拳如此，人生也如此。因此，我們時刻都要有一顆創新的心。」老頭看著我，平靜地說道。

我羞愧地低下頭。

鐵桿朋友

從國營企業下崗，我和妻子靠起早貪黑擺小攤起家，掙了十年終於掙了點錢，終於決定開家公司了。

聽說我要開公司，朋友陳實就跑來找到我，想在我公司裡當個副總什麼的。我說，你不是在一家公司裡幹得好好的嗎？陳實說，早就不想在那裡幹了，還是在朋友名下幹著穩當些。

和妻子一商量，妻子就反對了。妻子說，公司還沒開張，他就把自己的職位給安排了？況且熟人也不好管理！

妻子的態度被陳實瞧見了。陳實質問我：「你我是多年的鐵桿朋友，怎麼也不講交情了？況且你倆口子當年下崗擺攤沒本錢，還不是我借的？」

一句話把我和妻子給鎮住了。公司一掛牌，陳實就當上了公司的副總。然而，上班以後，陳實的表現就有些不好。他多次背著我對員工們說，我和老總是鐵桿朋友，他的公司就當是我的公司。果然，員工們都非常敬他，什麼都聽他的，幾乎把我這個老總都搞忘了。

陳實的舉動令我有些氣憤，妻子更氣得不行，嚷著要我辭退他。可一見陳實的面，想說的話又咽了回去，急得妻子直罵我心子軟。

誰知，陳實越發放肆，遲到早退曠工是家常便飯，有一回居然背著我和一個客戶簽單子。

這樣下去，公司豈不是為陳實開了？我和妻子都火冒三丈。我心裡只有一念頭，這樣的朋友必須絕交，不然要出大亂子。我決定立即解聘陳實。

然而，當我要找陳實攤牌時，陳實不見了。打手機，關機。辦公室，沒人。找遍公司上上下下，也不見影子。但我不能這樣不明不白地辭掉陳實，我要讓公司所有員工知道緣由。

當天，我召開了全體員工會議，宣佈了辭退陳實的決定，並嚴肅地說：「在公司裡，不要說是我的朋友，就是我的老子也一樣！不遵章守紀，不好好工作，我就要堅決辭退他！」

果然，陳實走後，員工們個個幹勁十足，公司很快進入良性發展軌道，僅當年就創利數十萬元。

慶功宴上，我和員工們正喝得歡，陳實突然走了進來。我一愣，他卻熱情地拉著我的手，當著員工們的面，說道：「老朋友，祝賀你！其實當初我並沒有離開原來的公司，抽空到你公司裡來，就是想方設法逼你提高管理水準。你這人幹公司，業務上沒得說的，就是心太軟，拉不下情面。後來看到你在管理上是進了一大步，還取得了這麼好的成績，我為你感到高興！」

員工們立刻鼓起掌來，我心頭一熱，一把擁住陳實：「感謝朋友，你真不愧是我的鐵桿朋友啊！」

回家吃飯

那一年，是我最倒楣的一年。在我苦心經營近十年的公司遭遇金融危機而倒閉時，妻子突然不辭而別。我背了一身債務，失去了一個家庭，拖著剛上幼稚園的兒子艱難地過日子。

老家就在咫尺，但不敢回去。因為那裡有我的繼父。在我十歲時，繼父走進了我的生活。但不知怎的，繼父一踏進我家的門，我就和他叛逆起來。繼父叫我好好讀書，我偏不讀，高中沒畢業就外出打工。繼父反對我和妻子結婚，我偏結了。最後一次見到繼父時，我和他為一件家庭瑣事大吵了一頓，我指著他的鼻子叫他滾，否則我永遠不回家。

我花了一百五十元錢租了間樓梯下堆雜物的小屋，擱一張單人床就算一個家。小屋子陰暗潮濕，蟲子肆虐，每天咬得兒子紅斑點點，疼癢難忍。最難熬的是那個冬天，異常寒冷，我每天打零工回來，只有摟著兒子蜷縮在床上。每天吃的不是饅頭就是油條，間或吃一盒速食麵就是打牙祭，吃得兒子臉色蒼白，面容消瘦，成天哭哭啼啼。

一天，母親不知從哪裡打聽到我的下落，跑來看我。一見我和兒子都晚上九點了還在啃饅頭，母親的眼淚就掉下來了，摟著我和兒子說：「走，回家吃飯。」

兒子高興得跳起來，我卻遲疑不決。母親看出我的心思，說：「放心，不會碰上你爸，他這個時候還在廣場上打太極呢。」

母親為我們重新炒了菜，兒子就著青椒肉絲、番茄雞蛋湯吃了三碗飯。母親看著我和兒子「呼哧呼哧」吃飯的樣子，哽咽著說：「以後每天晚上八、九點鐘的時候就回家來吃飯。」

從那以後，我每天晚上八點鐘下班後，就帶著兒子回老家去吃飯。母親都特意為我們做了許多好吃的。可時間長了，我也有些擔心，每次回家去就左左右右查看一番。母親笑著說：「安心吃吧，你爸天天吃了晚飯就出去鍛煉了，不到十點鐘不回來。」

有一天，天下著雨。我想繼父下雨天可能不會出門，就沒有回老家去吃飯。誰知剛過九點半，母親就打著雨傘提著保溫桶來了，一邊打開熱氣騰騰的飯菜一邊責怪我：「說好了天天回家來，幹嘛啦？」

我說了我的顧慮，母親邊給我們盛飯，邊笑著說：「沒事沒事，你爸那死鬼鍛煉身體上癮了，天晴落雨都要往外跑。」

吃完飯，外面還下著雨，我送母親回去。剛走到家門口，就碰上濕淋淋的繼父回來。繼父看了看我和母親，對我溫和地說：「回家住吧，吃飯也方便，別讓我像夜遊神一樣天天在外面東遊西逛。」

我的眼眶濕潤了。

愛的禮物

珍珍和軍軍是一所醫校的同學，也都是孤兒。畢業後，在政府的關懷下，珍珍考聘到縣醫院當護士，軍軍也招錄到縣公安局當法醫。

同一所學校畢業到同一座城市工作，珍珍和軍軍都覺得有緣，很快就熱戀起來。熱戀中的珍珍和軍軍非常幸福。每天上班，軍軍騎著摩托車送珍珍到醫院。下班時間一到，軍軍又會騎著摩托車準時出現在醫院門口。一遇珍珍值夜班，或者軍軍在外處理事故，兩人心中就十分牽掛，手機打個不停。

一天，軍軍到一深山溝處理兇殺案，回來就來接珍珍。可下班時間早過了，軍軍在醫院門口還沒等到珍珍的身影出現。軍軍的手機打了無數遍，語音提示都是「無法接通」。軍軍急得額頭冒汗，到醫院科室一打聽，才知道珍珍報名赴鄰省的災區救災去了。

軍軍雖舒了一口氣，心裡卻多了幾分擔憂。

第二天清晨，縣公安局召開緊急會議，決定組織一批人員到災區搶險。軍軍沒有猶豫就報了名。他想：興許在災區還能見到珍珍呢。

趕到災區，軍軍終於打通了珍珍的電話。然而，珍珍和軍軍相隔一百多公里。於是，每天晚上的短暫休息時刻，就是軍軍和珍珍的手機工作的時候。兩人在電話中沒完沒了地講述著災區人民的不幸，述說著衷腸。

半個月過去，珍珍和軍軍所在的救援隊都將輪換下來休整。軍軍在電話中告訴珍珍：「回到家，我有一件禮物要送給你。」

珍珍在電話中沉默片刻，也告訴軍軍：「我也有一件禮物要送給你。」

當天傍晚，軍軍和珍珍疲倦地在家門口出現，兩人都領著一個半大的孩子。四目相對，淡淡一笑。

珍珍拉了把手中孩子的手，對軍軍說：「他是災區的孤兒，是我送給你的禮物。」

軍軍也抖了抖手中孩子的手，對珍珍說：「他也是災區的孤兒，也是我送給你的禮物。」

珍珍望著軍軍，使勁點點頭，眼裡閃動著淚花。軍軍望著珍珍，也使勁點點頭，眼裡閃動著淚花。接著，軍軍和珍珍和兩個驚恐孩子相擁在一起。

珍珍對軍軍說：「我們雖然沒有權，也沒有錢，對災區做不了多大貢獻，但我們是有血有肉的人，是黨和政府把我們養大成人的。我們就用一顆感恩的心接納他們吧。」

軍軍輕拍著珍珍的肩膀，又使勁點點頭：「好，以後我們就當孩子的代理家長！」

父親來看我

星期五下午，我打電話回老家，吞吞吐吐想說個事兒。

「有屁就放！」父親在電話那頭不耐煩了。

「娃子，啥事就說嘛！」母親突然在電話中說，話語中透出擔心。

「媽，我想請你們再給我捎一百斤米來。」我終於說出了口。

「娃兒，你以前連家裡的土特產都不要，這是咋啦，隔三差五要家裡的糧食？」母親問道。

「沒啥，農村的糧食環保，是綠色食品。」我趕忙掛了電話。

第二天早晨，門鈴突然響了。開門一看，父親居然挑著一擔米站在門口。

一進屋，父親就盯著我問：「你媽一宿沒睡好覺，她叫我來問問你，這半年是不是單位沒發工資？」

「不是的，爺爺，我們家買了房子，每月要還兩千多塊的貸款。還了貸款家裡就沒剩多少錢了，連我的零食也戒了。爸爸媽媽想要你們的糧食是為了節約生活費。」

我剛要搪塞，沒想到兒子說出了實情。

「哦！」父親看了看我，接著低下頭猛吸著旱煙。

一會兒，他抬頭看著我說道：「這樣吧，從現在起，你們吃的大米，菜油，蔬菜我負責，我和你媽趁身子骨還利索，幫你們一把。畢竟買房子是大事。」

看著父親溫和的臉，我鼻子一酸，說道：「謝謝爸爸，等房貸還完了，我們一定好好孝敬你和媽媽！」

緣

六十多歲的王老太剛出門走上人行道，就踩上一塊西瓜皮，「啪」地摔倒在地。

人們一下子圍了過來。

一個婦女說：「這麼大年紀了，快扶她一把。」

一個男子說：「誰敢扶？這年頭幫了人被誣陷的事兒還少嗎？」

一句話提醒了人們，大家都看著王老太在地上痛苦的樣子，都不敢伸手去幫一把。

這時，一個七十來歲的老頭兒擠進人群，二話沒說，把王老太慢慢扶了起來。

見王老太行動有些不便，老頭兒說：「我扶你回家吧。」

王老太點點頭，連聲說：「謝謝！」

來到王老太的家，老頭兒見屋裡冷清，就問：「老伴呢？孩子們呢？」

王老太一臉傷感：「老伴早死了，我們沒有孩子。」

老頭兒連說：「對不起，對不起。」他突然覺得王老太有些可憐，就主動坐下來和她說說話。

王老太也很樂意的樣子，主動為老頭兒搬凳子。

聊著聊著，王老太問：「老哥子，你的老伴呢？孩子們呢？」

老頭兒歎口氣：「老伴早作古了，孩子們各奔前程，在外地工作，一年難得回來看我一兩次。」

牆上的老式掛鐘突然「鐺、鐺」地響了起來。老頭兒一看：十一點鐘了，連忙叫道：「糟糕，我還有重要的事沒辦呢。」

一句話似乎提醒了王老太，她拍拍大腿：「哎呀，我也有件重大的事情還沒辦呢。」

老頭兒連忙起身離去。王老太也趕快出門。

不一會兒，兩人幾乎同時來到「悅來」茶樓。一個中年婦女急得團團轉，見王老太和老頭兒出現，叫嚷道：「都過了一個多小時了，你們怎麼才來？」接著瞪著眼，驚奇地問道：「噫，你們認識？」

老頭兒說：「我們剛認識，咋啦？」

中年婦女說：「我要撮合的就是你們倆啊！」

「啊？」王老太和老頭兒你看我、我看你，臉上泛起了紅暈。

愛情筆

讀初三那年，我暗戀上了同桌芳。

芳身材高挑，皮膚白皙，臉色紅潤，黑珍珠似的大眼睛配上瀑布般的披肩髮，是公認的校花。

照完畢業照，就要離別了，我心裡突然有一股莫名的衝動。跑進寢室，我從衣箱裡拿出一直捨不得用的一隻紅鋼筆，從作業本上裁下一張小紙條，工工整整寫上：「我愛你。」然後將紙條折了又折，塞進筆帽。接著匆匆回到教室，偷偷把鋼筆放進了芳的書包。

初中畢業，我考上了外地一所師範學校。和我一同考進師範的還有同學秀。

師範畢業那年，我和秀戀愛了。

一天傍晚，在學校背後的小樹林裡，秀依偎在我懷裡，紅著臉說：「畢業了，我送你一件禮物。」說著，掏出一個盒子塞進我的衣兜。

回到寢室，我打開盒子，是一隻紅色的鋼筆。我下意識地擰開，從筆帽裡抖出一張折疊的紙條。

展開，紙條發黃了，只見上面工工整整地寫著「我愛你」三個字。

手機沒關

出差當晚，深夜十二點了，我的手機鈴聲突然響起，把我和同室的文同時驚醒。

我連忙抓起手機，借著藍色的螢屏光看了看。

「什麼事？」文探起頭問我。

「沒什麼，短消息。」我平靜地答道。

「手機都用一天了，晚上還開著，就為看短消息啊？」文責怪著，重新睡下。

誰知文剛打著呼嚕，手機鈴聲又響了。我趕忙拿起手機，一看，又是短消息。

「又怎麼啦？」文側過身，盯著我問。

「沒什麼。」我看著他，不好意思地笑笑。

「明天要開會，你還讓不讓我睡覺？」文顯然生氣了。

「對不起，對不起。」我連忙表示歉意。

不一會兒，文又打起呼嚕。然而就在這時，手機又響了。

「你有毛病啦？」文呼地翻身坐起，發火了。

「對不起，對不起！」我一邊道歉，一邊拿過手機。正要關機，瞟眼一看，是家裡的電話。

連忙按下接聽鍵，裡面傳出妻子焦急的聲音：「老公，爸爸的哮喘病又犯了！」

「快請鄰居們幫忙，送醫院！」我沒再理會文，對著話筒叫道。

「嚴重嗎？」文看著我，問道。

「老毛病，感冒了就復發。」我答道。

「對不起啊，我不該責怪你不關手機。」文輕聲說道。

「出門在外，家裡有老有小，不放心啊！」我看著文，平靜地說道。

「是啊，是啊！」文一邊答應，一邊默默地拿過床頭的手機。

「叮」的一聲，文的手機也開機了。

打電話

一放假，我就回到了鄉下。大年三十那天，父母在煮年夜飯，我閒著沒事，就替他們守著小商店，賣一些日用品，兼營公用電話。

臨近傍晚，一個大約六、七歲的男孩子來到店裡。他蓬著亂髮，流著鼻涕，穿一件舊毛衣，站在門口陌生地看著我。

我也不認識他，就看著他問：「小朋友，買東西嗎？」

「我，我打電話」。孩子遲疑片刻，低聲說道。

「哦，你打吧」。我依舊看著他說。

孩子走進門來，踮了踮腳尖，顫抖著手拿起櫃檯上的電話機話筒，撥了電話。

「爸爸，我是軍軍。」孩子的嘴巴已觸到話筒，眼睛盯著電話機。

停頓一會兒，孩子依然盯著電話機，說：「爸爸，爺爺奶奶在家裡煮飯，我就出來給你打電話了。」

見孩子有一句沒一句地說話，我向孩子提醒道：「電話費貴喲，快點說」。

孩子斜著眼看了我一下，然後很高興地說：「爸爸，我考試得了獎狀咧，爺爺幫我貼在牆上了。」

「爸爸，爺爺好累喲，一幹活就喘氣。奶奶上山打柴摔了跟頭，腳痛，好久都沒送我上學了。」孩子沖了沖鼻涕，聲音小了下來。

「爸爸，你和媽媽什麼時候回來嘛？我想你們，好好想你們囉。爺爺奶奶也想你們回來」。孩子的聲音有些哽咽，眼裡閃著淚花。

我心裡突然沉沉的，對孩子說：「好了，小朋友，電話費貴，別說啦。」

「好了，爸爸，電話費貴，不說啦，再見。」孩子戀戀地放下話筒，站在原地看著我。

我走上前，朝計時器一看，一下子愣了，計時器上根本沒有顯示通話時間。

「孩子，叔叔不收你的電話錢，回家和爺爺奶奶吃年夜飯去吧。」我拍了拍孩子的肩膀，喉嚨有些發哽。

「謝謝叔叔。」孩子感激地望著我，用衣袖拭了拭鼻涕，然後走出門去。

揣糞

剛走出辦公樓，迎面就碰上了我的侄兒。

侄兒一臉沮喪地喊了我一聲：「三叔！」

「咋啦？你不是在高三複習班讀書嗎？」我一驚。

「我不想在那裡讀書了。自從高考落榜後，我這心裡就一直放不下，生怕複讀了也考不上。」侄兒說道。

「好好讀書，我想明年準能考上。」我緩了口氣，說道。

「可我一進教室心裡就緊張，感覺壓力非常大。」侄兒說道。

「那你怎麼辦？」我問道。

「我起換一所學校復讀。」侄兒答道。

我想了想，對侄兒說道：「這樣吧，我這會兒有事，明天中午來家裡找我，來的時候帶上你解的大便。」

「啥？」侄兒吃驚地看我。

「大便、大糞！」我一字一頓地說完，轉身走了。

侄兒怔怔地望著我的背影，愣在那裡。

第二天中午，侄兒來到我家。還沒落坐，我就問道：「帶糞便來了嗎？」

「沒、沒，怎麼帶嘛？」侄兒一臉無奈的樣子。

「怎麼帶，你不知道把糞便用紙包上，用衣兜揣來嗎？」我嚷道。

「多、多髒啊，又臭！」侄兒低聲說道。

「你還知道又髒又臭啊？高考失利到現在，你心裡就一直背著包袱，結果無心學習，這和把糞便揣在身上有什麼區別嗎？糞便一排出，人就感到輕鬆。我希望你要像排出糞便一樣放下心中的包袱，離它遠遠的，然後輕輕鬆鬆地投入學習。只要做到這點，我相信你明年一定能夠金榜題名！」我說道。

侄兒點點頭，說：「三叔，我明白了。」然後辭謝而去。

離水的船

那一年，我師範畢業被分配到一個偏遠山區的小學教書。從小在家舒適生活慣了的我突然來到偏僻陌生的地方，和一群鼻涕長流、衣服破爛的孩子生活，我心裡非常苦悶。更讓我感到痛苦的是面對同學們那一封封書信，他們有的進了城鎮學校，有的憑藉關係到了行政事業單位。每封信，每個字，就像一把把刀戳我的心。

我覺得這世界太不公平了。慚慚地，我把自己封閉起來，每天早晨睡到上課鈴響才起床去教室上課。放學後，就獨自一人到學校後面的山坡上坐著，看著西下的夕陽發呆。一天一天過去，周圍的一切人和事和我越來越疏遠陌生了。

一天傍晚，我剛要從山坡上起身回寢室，一個農民扛著一把鋤頭走過來，叫住我：「老師，我想求教你一下。」

我抬起頭看著他，有些面熟，但叫不出名字，就說：「啥事，你說吧。」

他放下鋤頭，坐在我面前，愁愁地看著我：「你說人活著還有啥意思。我都四十多歲了，小時候遇災荒，爹餓死了，稍大一點兒遇文化大革命，書沒讀成，前幾年好不容易娶了個寡婦，結果生孩子難產死了。」

我心裡頓時一震，這人的命確實夠苦的。怎麼辦？人之本能，勸他幾句吧。我就對他說道：「老哥，你還比較年輕，還可以重新開始，創造好的生活。」

他一下把頭埋在雙膝裡：「我為啥要變成人？活著真沒啥意思，不如死了！」

見他更加沮喪的樣子，我感到手足無措。不經意扭頭，我看見山腳下的小湖裡，一個人正歡快地划著船撒網打魚。於是，我靈機一動，對他說道：「哥子，你一定振作起來。我問你，假如一隻船離開了水，就成了什麼？」

他抬起來，看著我：「還是船啊。」

「錯了！」我大聲說道，「船一離開水，它就成了一堆爛木頭。船的價值，就是在水中劃行，幫人們載運貨物，即使風吹浪打，它也只能在水中才能實現它的價值。人首先要活在世上，才能稱為人。如果命都沒有了，就啥也沒有。作為人，我們也要和船一樣，即使遇到天大的困難和挫折，也要勇敢地面對它、克服它，才能實現人生價值。」

我長舒一口氣。

他站起身怔怔地看著我：「原來你懂這些啊？」

我愣愣地望著他：「你說的是啥意思？」

他咧嘴一笑：「老師，你成天悶悶不樂的樣子，我真替你擔心。不就是條件差一點嘛，有啥大不了的？我作為一個單身漢、一個農民，還要快快樂樂的生活下去，而你是一個有正式工作的文化人，還有啥想不開的？」

我心裡再次一震，接著猛地站起來，一把抓住他的手：「謝謝您，老哥！」

炒菜式生活

男人回到家，沉悶地斜躺在沙發上，重重的歎了口氣。

女人正在做飯，聽見男人回來，就從廚房走過來，看著男人問：「工作又忙啦？」

男人斜著眼看了女人一眼，歎口氣說：「忙點兒倒沒啥，可越忙越糊塗，得到的總是領導的批評，和同事們的關係也老處不好。我的生活咋這麼糟糕！」

女人頓了一下，走過去拉起男人的手：「來，給我幫幫忙，我正在做你最喜歡吃的紅燒肉。」

男人很不情願地從沙發上起來，同女人走進了廚房。

女人拿起刀，切了一小片生肉遞給男人，說：「吃吧。」

男人一愣：「這怎麼能吃？」

「那，嚐嚐這個。」女人舀起一小勺食鹽。

男人瞪著眼，「你想鹹死我？」

女人撲哧一笑：「看來，你還沒有糊塗。」

女人繼續說道：「生肉、油、鹽，這些東西單獨吃肯定很難吃，甚至不能吃，可它們下鍋一烹製，就能做出香噴可口的紅燒肉。記住，人也一樣，沒有經歷酸甜苦辣的『烹製』，哪有美好的生活？」

男人一怔，接著咧嘴一笑，釋然。

請你下車

客車在崎嶇的山路上已經顛簸了整整一天。

這一天裡，一個年輕人在車上不是抱怨路況不好，就是說車裡悶熱，一路上叫苦不迭。

年輕人的叫苦聲漸漸感染了其他旅客，一個個哀聲歎氣起來。

司機一邊開車，一邊回頭看了看有些燥動的車輛。他知道再不拿出果斷的措施，前面的路就沒法走下去了。

於是，司機猛踩剎車，「啪」地打開車門，轉身站起來盯著年輕人叫道：「請你下車！」

車廂裡霎時平靜下來，一個個望著司機。年輕人也疑惑地看著他。

司機有些發怒，盯著年輕人嚷道：「看什麼，我叫你下車，下車！」

年輕人愣愣地站起來，背起行囊，下了車。

司機油門一轟，車又繼續向前駛去。

約摸過了半個小時，司機突然掉轉車頭行駛。

旅客們又燥動起來，一個個質問著司機。司機卻沒有做聲。

客車拐過幾道山樑，來到年輕人面前。大家見年輕人一身灰塵，在烈日下吃力地走著，豆大的汗珠從臉上沖刷下來，狼狽極了。

年輕人見車門一打開，竟不顧一切地爬上車，一屁股坐有原來的位置上，不停地喘氣。

客車又掉頭向前駛去。雖然依舊巔簸，但年輕人老老實實地坐在那裡，沒再說話。到了目的地，司機拍拍年輕人的肩膀，說：「小伙子，我像你這般年紀時，因為沒有車，曾經徒步翻越過二郎山的公路，那個苦我至今想起來就不寒而慄。也正為那個苦，才讓我十多年來一直駕車跑這條山路而無怨無悔。如果你不下車體會一下跋涉的痛苦，是想不到坐在車上的可貴。記住，一個人總要經歷過苦難，才知道什麼是安樂。」

一元錢的快樂

週末，我和妻子出門吃早餐。在離家不遠的我熟悉的一家麵館裡，我點了兩碗各二兩的麵條。誰知妻子卻要到另一條街道的麵館裡去吃。我拗不過，只好謙意地向老闆說明了情況，陪妻子到了另一條街道的麵館。然而付款時，妻子才發現，這家麵館的麵條和那家麵館的麵條雖然數量一致，味道也差不多，價格卻要多一元錢。

剛到家，妻子告訴我這件事情後，我非常惱火，不停地責備妻子。妻子本來心裡有氣，被我的話一急，也大聲地和我吵起來，就這樣，我們快樂地度過週末的計畫就成了泡影。一整天，我和妻子心裡都窩著火，互不搭理。

晚上，朋友到我家來訪，見我們的表情，就追問出了事情的原委。朋友笑著說：「你們兩個也太傻了，廉價的一元錢就把你們一天的快樂買走了，真不值得！」

我和妻子一愣，如夢初醒。是啊，我們怎麼沒有意識到呢：寬容生活，快樂永遠也不會廉價。

接著，我和妻子相視一笑，一天的不快頓時煙消雲散。

第二輯　世相傳真

雜種

雜種，狗的名兒也。

雜種天生一副俊相，貓面狗身，毛髮金黃油亮，十分惹人愛憐。這自然招來眾狗的嫉妒。於是，狗們當面總戳雜種的脊樑骨：「喲！是個雜種！」雜種回來痛哭流涕，向主人告狀。主人無可奈何，只得笑著勸雜種：「算了，任由他們嚼舌根去。」接著說：「我是打獵的，教你幾套本領吧，這年頭沒本事可不行！」

從此，雜種就跟主人去打獵。不到一個月工夫。雜種便通曉了追、撲、抓、咬、啃等功夫。主人歡喜，雜種得意。

一天，香港一個大富翁到下鄉來買狗，作伴兒玩玩兒。雜種被看中，帶走。主人捨不得，雜種不想走，淚水漣漣分手。

雜種到了大富翁家，便開始了另一種生活。富翁夫婦把雜種看作親骨肉一般，雇了幾個傭人到家，專門服侍雜種。這樣過了好些年，富翁夫婦都過世了，雜種原來的主人也當了鄉長。鄉長費了些周折，把雜種領了回來。他看雜種長得細皮嫩肉的樣子，就留它在家看屋。

誰知，雜種看屋的第一天晚上，鄉長的家就失盜了。

鄉長歸來，滿嘴酒氣地對雜種問：「狗雜種，你怎麼看家的？」

雜種懶懶地搖搖頭，笑答：「No No No，你有沒有搞錯？我是雜種狗啦，不是狗雜種的啦！」

鄉長肺氣炸了，上前一記耳光：「你昨夜哪裡去了？！」

「我……我睡在客廳沙發上。」

「小偷來了，你為啥不咬？！」

「你不是說看見提著大包小包進出的人不能咬嗎？況且我現在已不知道該怎樣咬人了！」雜種渾身篩糠。

蝸牛，蝸牛

石頭村巴掌大，錯錯落落十幾戶人家，忽高忽低地散落在山旮裡，好像布了兵陣的棋子。村民們主要靠打石頭賣點鹽巴錢。幾年前，山外修了公路，山外需要石頭的人駕車到外地一溜煙就運回來了，石頭村的石頭就沒了銷路，打石頭行業也就蕭條下來，全村裡只留下了窮字。

這一年春天，村裡唯一的職高畢業生小李打工回來，帶回幾大紙箱綠豆大的蝸牛。村民們問：「這個買回來做啥？」

小李說：「幫助大家脫貧致富喲！」村民們嘻嘻哈哈地笑起來。

小李等大夥笑完，說：「這東西在一些大城市裡值大價錢呢！」值錢的事兒大家都爭著要幹！於是，村民們各自分得一些小蝸牛，拿回家去飼養。傳授養殖技術和銷售由小李包幹。

轉眼秋收過了，蝸牛出售的時節也就到了。小李帶著工具，到各家各戶收購蝸牛：「大家準備好蝸牛，二十塊錢一斤，現錢現貨。」

「你拿到城裡賣多少錢一斤？」村民們問。

「四十。」小李說。

「啊！你一轉手就賺我們二十，全村的蝸牛收攏來你不就賺好幾千？」村民們驚得嘴巴都合不攏。

第二天一早，全村的男女都撇開小李，各自挑著蝸牛走出山外，搭車進城，結果沒有人買蝸牛。折騰好幾天，他們只得把蝸牛挑回村裡找小李。

小李傷心地落了淚，接著不聲不響地收拾行李，再次出門打工去了。

村民們見小李走了，氣得暴跳如雷，然後有事沒事地漫罵小李「騙子」。

從此，村民們不願再搞什麼副業了，直到現在，石頭村仍然一個窮字。

救人

有消息傳來，村外水塘裡有個小孩洗澡起不來，快淹死了。小雄丟下手中活計，撒腿向村處奔去。

還沒出村子，小雄就遇見了小石。小石問他幹啥，小雄急火火地說：「塘裡淹了人，救人去！」話語如搭弓之箭，脫手即飛。

「可能是別村的，慌啥嘛？」小石笑著說，語氣像鬆軟的弦。小雄的「箭」擱上了松弦，有些軟塌。

「別村的也要快點去救！」小雄提提勁，仍舊往村外跑。

跑著跑著，小雄碰上了二嬸。

「跑啥？」二嬸問。

「水塘裡淹了孩子，去救人！」小雄說。

「這不熱的天也有人去洗澡，你搞沒搞錯喲？」二嬸哈哈一笑。

對呀，小孩被淹的消息會不會是假的？小雄鼓足的勁頭像皮球的氣孔一開，一下泄去一半，奔跑的腳步不由放慢了。「還是去看看。」小雄邊走邊想。

走著走著，小雄出了村子。

「做啥？」迎面走來了爺爺。

「聽說水塘裡有個小孩洗澡遭淹了，去看看。」小雄說。

「大家都沒去，你忙個啥？」爺爺說。

難道消息真的有假？爺爺的話像定身法術，使小雄停下了步子。管他三七二十一，快走攏水塘了，去看看，小雄逕直朝水塘走去。

還沒到水塘，就見塘堤邊圍著一群人。小雄奔過去，撥開人群，往裡一瞧，「啊？」地驚叫一聲，衝過去抱走男孩，風一般向村醫務室跑去……。

——原來，被淹的正是爺爺的孫子，二嬸的兒子，小石的弟弟小頑。

老王進城

老王的兒子在省城一家酒樓當廚師，收入不錯。冬日的一天，老王剛把爐子生上火，就接到兒子的電話，叫他到城裡來玩。

第二天一早，老王背著一大包土特產，坐公共汽車趕到了省城。走出長途公共汽車站，老王就邁不開步，傻眼了：眼前車水馬龍，高樓林立，到哪裡去找兒子呢？老王正要卸下包袱找兒子的電話號碼，突然一想：兒子恐怕正忙著呢。老王準備問路，結果又遲疑了：臨出門時，老家的人說過，千萬別問路，城裡人奸滑得很，你到東，他指西。

正猶豫間，老王見人們往一處公交車站台湧，也趕忙跟著往公交車站台跑去。剛站定，一輛公車就停在面前，人們蜂湧向上。老王被夾在中間，也上了車。還沒站穩，他就探著頭問售票員：「同志，這車到喜宴樓嗎？」

售票員正忙著檢票、收錢，頭也沒抬：「到，到，請到後面坐好！」

過了三站，老王見售票員還沒念「喜宴樓」三個字，心裡空空的，就抓著扶手搖搖晃晃擠上前來問售票員：「大妹子，喜宴樓還沒到呀？」

「什麼？喜宴樓？」售票員一愣驚，接著笑道：「老大爺，不著急，到前一站下車，再坐四路車吧。」

下了車，四路車很快開了過來。一上車，老王就問售票員：「大妹子，這車到不到喜宴樓？」

售票員一邊收錢、檢票，一邊答道：「到，到，終點站下車轉六路車就到了，你到後面坐好。」

到了終點站，老王好不容易等到六路車開了過來。坐上車，老王心裡玄玄的。他連忙問售票員：「大妹子，這車是不是到喜宴樓？」

售票員熱情地說：「老大爺，到後面坐好，一會兒到了我喊你。」聽到這話，老王心頭一喜：終於要見到兒子了。

坐了兩站車，老王還在歪著頭看外面的高樓，忽然聽到售票員喊：「後面那位老大爺，喜宴樓到了，請下車！」

老王放心地下了車，抬頭一看，突然頭皮一熱，耳朵「嗡」的一聲：這不是先前進城下車的長途汽車站門口嗎？

老王恍惚看見一個穿制服的人從身邊走過，連忙拉住他，帶著哭腔問道：「警察同志，到喜宴樓究竟怎麼走？」

穿制服的是車站的保安，他見老王迷了路，就熱情地攙扶著他往前走：「老大爺，我帶你去吧。」

轉過一個街口，保安指著對面一幢高樓說道：「老大爺，那就是喜宴樓。」

老王抬頭一望，「喜宴樓」三個大字正高高地掛在那幢樓前。

採菇

貧窮的山民們吃不上「山珍海味」，吃膩了粗茶淡飯間或嘗些野蘑菇的鮮，也算是一種享受。每逢太陽雨過後，便有不少男女老少挎著籃子到山坡上拾蘑菇。

一天，張四嬸早早起床，提著竹籃就往山坡上走。昨天下了場太陽雨，她想趁早多撿些野蘑菇回去。剛到山上，張四嬸就側頭看見山窪裡有人在大青石邊蹲著撿拾著什麼。細細一看，是李三叔。

「李三哥，撿啥？」張四嬸遠遠地朝他喊。

李三叔不應，自顧自地撿拾著。

「這個人，怪啦！」張四嬸丟下一句話，提著籃子直往山窪裡走來。

「哇，這麼多大頭蘑菇呀。」張四嬸剛走到李三叔身邊，就被眼前的景象驚住了。

「莫開腔！」李三叔威嚴地說，雙手便麻利地撿拾著大頭菇。

張四嬸沒有出聲，蹲下來雙手也不停地撿拾著。

不一會兒，大頭菇撿完了。李三叔說：「他四嬸，你撿的就歸你，只是回家去不要對外人講！」

吃罷早飯，李三叔么兒李伢子和張四嬸的么女張妹子約了村裡孩子們玩捉迷藏。李伢子對夥伴們說：「我爸爸今天在山窪地裡撿了好多大頭菇喲！」

又一天落了太陽雨。第二天，李三叔什麼事也不做就背著背篼早早往山窪裡去，老遠就看見六七個男女提著籃子在大青石邊撿拾大頭菇，其中還有張四嬸。他幾步沖下去，氣得耳青面黑：「是哪個傳揚出來的？」

「我沒有說！」張四嬸直起腰來，一臉的不高興。

第二天，李三叔扛著鋤頭鐵鍬，來到山窪裡，把大青石周圍的泥土翻了個底朝天。

從那以後，大青石邊再也沒有發現大頭菇了。

做節目

從村長家接完電話，還沒進門，秀就高聲叫：「當家的，電視臺要為你做節目。」

「一個殘疾人，做啥節目喲！」秀的男人懨懨地躺在床上。

「電視臺說，只要你去做節目，就給我們五百元辛苦費。」秀說。

秀用輪椅推著男人，剛走進電視臺化裝間，工作人員就扯下一條條繃帶，往秀的男人身上纏。

「咋回事？」秀問。

「化妝。」工作人員說。

「不懂就不要問，等會兒錄節目，你們要十分痛苦的樣子，要說家裡還有三個兒女，都是殘疾人。」導演走出來，看著秀說。

「我們沒有兒女。」秀的男人說。

「我們這個節目是面向全世界的，任何人搞砸了都要負責任。」導演嚴肅地說。

演播室裡，主持人握著話筒：「觀眾朋友們，歡迎收看本期『我們都是一家人』節目，今天我要向大家介紹的是一個慘遭不幸的五口之家。

話畢，秀的男人「哇」地嚎哭起來：「爺爺奶奶、大叔大嬸，可憐可憐我們吧，我們一家五口人，有四個都是先天遺傳，都是殘疾人啦！」秀也在旁邊哭泣。

現場的觀眾霎時情緒低沉，禁不住跟著抹眼淚。

節目播完，秀的男人拉著導演的手說：「領導，我想過了，既然我們是一家人，我們打算就待在電視臺不走了。你們為我治腿病，我們為你們做節目，也算兩不虧。」

導演愕然。

一枚鵝卵石

點點從河邊打水回來，倒進鐵鍋裡，手就不時在衣袋裡摸著。

班長倩倩突然盯著她問道：「點點，口袋裡有啥？拿出來！」

點點怯怯地從衣袋裡抽出手來，張開，一枚鵝卵石赫然擺在手心。

同學們圍了上來。

點點一愣，沒想到一枚小小的鵝卵石，這麼吸引眼球。

點點的家境不富裕，學習成績不太好，人也不漂亮。在學校，有錢的學生，家長時不時請老師吃一頓，老師就愛生如子；學習好，人漂亮，也逗人喜愛；即使調皮搗蛋，打架鬥毆，也有人害怕。可一切平平的誰會理睬？哪知今天出來野炊，班長叫點點到河邊打水，點點就撿到了一枚漂亮的鵝卵石，居然還在同學們面前產生了轟動。

點點小心地將鵝卵石捧在手心。鵝卵石就鴨蛋大，很光滑，一身淡淡的橘紅色。隨圓的石肚上，左下方竟然顯現出一個太陽，右上方出現下個月亮，恰似太陽快要西下、月亮剛剛升起時的情景。

倩倩附在點點耳邊，輕聲說：「點點，把鵝卵石給我玩一上午，我免去你本學期的值日，怎麼樣？」

一想到討厭的粉筆灰，點點高興地點了點頭。

這時，班主任張老師已來到跟前。突然，眼睛一亮，盯著點點手中的鵝卵石，驚喜地問道：「點點，哪兒來的？」

張老師一把奪過鵝卵石，仔細端詳了一番，歎道：「稀罕，稀罕，寶物，寶物。真是一枚『日月同輝』呀！」

張老師對點點說：「點點，這枚鵝卵石也許對你將來學習生物有用。這樣吧，我替你收藏好，好不好？」

點點有些不知所措。

張老師見點點遲疑不決，左右一瞪眼，把同學們轟走了，又對點點說道：「要不，你學習不太好，我擠時間給你補一補好不好？」

「感謝老師！」點點眼角處湧出晶瑩的淚珠。

冠軍是這樣得到的

森林裡舉行動物長跑比賽。經過抽籤，老虎、猴子、兔子和烏龜參加了比賽。比賽開始了。槍聲一響，老虎、猴子、兔子、烏龜就奮力向前跑去。這時圍觀的動物們嚷開了：「看喲，老虎和烏龜賽跑，真是天下奇觀！」

老虎一聽，心想：「對呀，我身為百獸之王，怎麼能和區區一隻小烏龜賽跑呢？」於是，它氣一泄，放慢了奔跑的腳步。

跑著跑著，圍觀的動物們又嚷開了：「看囉，老虎大王不跑啦，猴子還在和烏龜比賽，真是笑話！」

猴子一聽，心想：「是呀，俗話說，山中無老虎，猴子稱霸王。這老虎不願和烏龜跑，我還和烏龜這麼賣力地比賽，豈不掉價？」於是猴子也放慢了腳步。

跑著跑著，圍觀的動物又嚷了起來：「大家快來看啊，兔子又想出風頭了！」

兔子一聽，氣得直吹鬍子。它心想：「老虎和猴子不願和烏龜一起賽跑，我是大家公認的『短跑大王』，還和這烏龜比賽，豈不辱沒我的美名？」於是，兔子勁一鬆，乾脆停了下來。

老虎和猴子見兔子不跑了，心想：「小小的兔子都不願比賽了，我們還待在這跑道上和烏龜一起比賽，豈不讓別人笑掉大牙？」於是，老虎和猴子不約而同地停下腳步，並退出了比賽。

結果，跑到終點的只有烏龜。烏龜獲得了長跑冠軍。

優秀教師老李

教師節那天，縣上召開慶祝大會，涼風小學教師老李再次被評為「優秀教師」。

當老李走上主席臺，準備從局長手中接過紅彤彤的獎證時，突然在強烈的燈光下一趔趄，摔倒在地，人事不省。

老李醒來時，發覺自己躺在醫院的病床上，面前站著局長。

局長一見老李蘇醒，連忙俯下身，握著老李的手：「老李啊，你終於醒過來了，看你勞累的，把身體都搞垮了！」

老李看著局長，平靜地說：「局長，這次我恐怕熬不過去了。」

局長安慰老李說：「別胡說，老李，勞累過度，沒啥大不了的，休息幾天就好了。」

老李說：「不，局長，我的病我知道。沒有到大醫院醫，十幾年了！」

局長噙著眼淚說：「老李，太難為你了，一個人在山溝裡一待就是三十多年。」

老李說：「是啊，我當時是想當了老師，端上了國家的飯碗，就可以從山溝裡飛出去，哪知……」

局長連忙打斷老李的話：「老李，你是我們學習的榜樣。你為山區教育事業嘔心瀝血幾十年，連老婆也沒娶。」

老李接過話頭，說道：「局長，不是沒有姑娘看上我，我是想等調出大山後再結婚。自己的一生耽誤了，可別誤了兒女……」

局長一愣，見老李盡說不中聽的話，便為老李掖了掖了被角，說：「老李，你安心養病吧，我還有事，告辭了。」

老李一把抓住局長的手：「局長，別忙走，我有一個最後的請求！」

老李說：「我死後就火化吧，骨灰留在殯儀館。」

局長遲疑片刻，說：「老李，火化可以，但骨灰……」

老李見局長有些為難，說：「局長，就算我求你了，生前我不能到城裡工作。你讓我死後離開那個窮山溝，做一做城裡的鬼吧！」

局長愕然。

遭遇身份質疑

幾個月前，我用「一滴水可折射太陽」的筆名參加了北方市牛筋廠舉辦的廠標設計大賽，沒想到得了三等獎，獎金一千元。

那天，牛筋廠通知我到北方市富豪賓館出席頒獎大會。我坐火車趕到富豪賓館時，已是傍晚。我連忙向頒獎大會會務組出示獲獎通知和身份證，工作人員卻不給我報到。一個戴眼鏡的小姑娘用標準的北方口音問我：「我們這裡沒有尚進德獲獎，你是不是來冒領獎金的？」我連忙說：「小妹妹，尚進德是我的本名，『一滴水可折射太陽』是我的筆名」。「不行，除非你能證明『尚進德』就是『一滴水可折射太陽』，否則別想入駐賓館，領獎更不可能」。眼鏡小姑娘盯著我硬梆梆地說。

在這人生地不熟的地方，誰能證明我的身份？我掏出手機，撥通了單位領導的手機，單位領導正在外面應酬，帶著醉意叫道：「笑話，哪個敢說你不是尚進德？」我把手機遞給小姑娘，只聽領導在電話中嚷道：「我告訴你，站在你面前的就是尚進德，什麼？長相？高個，禿頂，圓臉，戴著眼鏡」。

戴眼鏡的小姑娘把手機還給我，說：「現在高個、禿頂、圓臉、戴眼鏡的人多的是，咋知道你不是騙子。不等你了，我們要下班啦。這樣吧，你明天拿出能證明你身份的證據來，我就給你報到」。說著，收拾報到冊『噔噔』地走了。

無奈，我只好到賓館對面一家餐旅店掏了一百塊錢住了下來。

第二天，我早早起床，忽然看見牆上有一串電話號碼，是辦證的。我立即掏出手機，撥了號碼打過去。對方聽了我的要求，熱情地告訴我將一百元辦證費和一張照片放到死胡同的槐樹洞裡。

傍晚時分，我又打通了辦證的電話，詢問身份證辦好沒有。對方告訴我晚上六點在槐樹洞裡領取身份證。

晚上六點鐘，我悄悄來到槐樹洞前，伸手一摸，果然取出一張名為「一滴水可折射太陽」、上面有我的頭像的身份證。我拿著身份證，興沖沖跑向富豪賓館。然而到賓館一看，卻不見頒獎大會的身影。

我的腦袋「嗡」的一聲，一片空白。

寶刀

從前，柳河灣住著一戶姓柳的人家，務農為生，生活艱難。

有一天，一個江湖人浪跡於此，借宿柳家一晚，還吃了兩頓粗茶便飯。江湖人見柳家為人忠厚仁義，臨走時就送了一把刀給柳家，對柳家人說：「這把刀非百煉不成，能夠削鐵如泥，雖算不上什麼寶物，但你們拿去還可以換幾斗糧食。」

柳家人捧著寶刀，驚喜萬分，哪裡捨得拿它去換糧食？連忙從衣箱底下找出一塊乾淨的布料，將刀裹藏了起來。

過了不久，柳家一親戚來訪。談及寶刀，親戚便從牆角找來一塊廢鐵，要求借寶刀一試。柳家的父親堅決不從，說：「哪有用刀砍鐵之理？」

後來，柳家的父親去世了，寶刀交給了兒子收藏。兒子遵從父命，將寶刀藏匿起來。一日，朋友來訪。談及寶刀，朋友便找來一塊木頭，要求借寶刀一試。柳家的兒子不高興地說：「寶刀不能隨便用來劈東西。」

又過了些年辰，柳家的兒子也離開了人世，寶刀交給了柳家的孫子保管。孫子牢記家訓，將寶刀好好收藏起來。一天，戰友來訪。談及寶刀，戰友提議用頭髮試試刀鋒。柳家的孫子連忙搖頭說：「不行不行，我不能破了柳家的家規。」

再後來，柳家的孫子也謝世了，寶刀傳到柳家的重孫手裡。重孫接管寶刀不久，便遇自己的生日。宴席上，酒過三巡，前來祝壽的哥兒們要求一睹寶刀「芳容」。曾孫心想，看一看無妨，就拿出寶刀來放在桌上。當包裹寶刀的布被一層一層揭開後，大家「啊」一地倒吸了一口涼氣，臉色大變。原來寶刀已經鏽跡斑斑，連普通刀的光澤也沒有了。

柳家的重孫愕然。

局長和飲水機

置辦公用品時，局長看中了一款飲水機，取名「霸王」。回到局裡，「霸王」飲水機就自然而然地安放在了局長寬大的辦公室裡。

局辦公室有個年輕職工叫小張。自局長有了飲水機後，小張每天早上不到八點鐘就打開局長辦公室，摁下飲水機開關，然後洗淨局長的茶杯，裝上茶葉，水開後泡上。

一天，局長像往常一樣走到辦公室，見辦公室冷清清的。怎麼了？小張……。哦，小張於昨天上掛鍛煉去了。局長就親自動手清洗了茶杯，親自裝上茶葉，然後撂下杯子，等水開後泡茶。

等了一會兒，局長估計飲水機的水開了，就握著茶杯，來到飲水機前。忽然，他看見飲水機的紅綠燈都沒亮，這才想起飲水機的電源沒打開。他放下茶杯，雙手攏著飲水機東摸摸西摸摸，好不容易摸著了開關，一按，「叭」，燈亮了。局長直起身，搖搖頭，又抿嘴笑了笑。

不一會兒，只聽飲水機「嚓」的一聲輕響，局長抬頭一看，飲水機的綠燈亮了。知道水開了，局長便握著茶杯，來到飲水機前，接開水泡茶。

局長輕輕地捏著水龍頭，東轉轉西轉轉，可水就是不出來。局長這才突然想起，自己從未親自使用過飲水機，連在家裡都是夫人侍候泡茶水。

局長回到辦公桌前，給辦公室的賈主任打電話，剛剛撥出又連忙擱下。他想，要是讓局裡的人知道自己連飲水機都不會使用，那影響可大了。局長立即來到檔櫃前，翻箱倒櫃找飲水機使用說明書。可當初買回飲水機並安放在辦公室，都是賈主任和小張一起操辦的，沒有留下使用說明書。他只好湊近飲水機看，忽然看到一串電話號碼，是生產廠家的。他連忙撥下電話號碼打過去：「我……我使用不來你們生產的『霸王』飲水機水龍頭。」

「哦，那請你捏著紅色水龍頭柄，往下輕輕一按就行了。」對方說道。

局長長舒一口氣，站起身，連忙端過茶杯，對準紅色水龍頭，然後用手捏著水龍頭往下一按。「嘩！」開水一瀉而下。一股熱氣頓時騰起，迷濛了局長的雙眼。

英雄老王

一個週末的早晨，老王提著菜籃子到農貿市場買菜。在摩肩接踵的肉攤前，忽然，老王被人擠了一下，扭頭一看，就見一個年輕人一隻手假裝在翻撿案板上的肉，另一隻手卻伸向了站在老王身旁的一個老婦的衣袋。「扒手！」老王心裡咯噔一下，於是猛地抓住年輕人的手，大喝一聲：「幹啥？」年輕人一愣，掙脫老王的手，轉身就跑。

「抓小偷、抓小偷！」老王邊喊邊追。誰知，人群立即閃到兩邊，為老王和小偷讓出一條道。幾百人的農貿市場裡，沒有一個人衝出來和老王一起追小偷。

小偷慌不擇路，被逼到農貿市場角落，眼見老王追了過來，他順手抓過面前水果攤的一把刀，「呼」地向老王捅來。老王躲閃不及，刀中腹部，鮮血立即湧了出來。小偷乘機奪路而逃，很快消失在人群盡頭。老王捂住腹部，踉蹌幾步，昏倒在地……

老王醒來，發現自己躺在醫院裡，床頭擺滿了花藍和水果，面前站著妻子兒女，還有縣長和電視臺記者。

縣長見老王蘇醒過來，立即過來躬身握住老王的手：「哎呀，我們的英雄終於醒過來了，老王同志，好好養傷，等你康復出院後，我們將為你召開隆重的表彰會，號召全縣人民學習你的見義勇為精神！」

老王輕輕搖搖頭。

「要不，考慮你家庭的困難，給你獎勵吧」縣長又說道。

老王又搖搖頭。

「那……老王，你認為怎麼好呢？」縣長俯下身問道，電視臺記者也將話筒伸到老王嘴邊。

老王看著縣長，虛弱地說：「縣長，我只有一個請求，你們趕快把那個小偷抓住，不然我怕他報復我。我入黨、參工三十多年，還從沒惹過事。」

第一份工作

大學畢業後，我在一家資訊公司當推銷員。上班第一天，我就到銀行取了大學時省下來的兩千塊錢，買了一部新款手機。剛走上一段林蔭小道，一個蓄著板寸頭的小青年就湊過來。我戒備地一閃，側身而去。誰知他早有準備，幾步跟上來和我並肩而行。

我瞟了他一眼，他卻向我靠得更近，低聲對我說：「哥們兒，你知道前天中午大富豪酒樓發生的集體中毒事件嗎？」我搖搖頭，快步走去。

他兩步竄上來，又問道：「昨天晚上希望花苑十多戶人家被洗劫一空，你知道是誰幹的嗎？」我看了他一眼，連連搖頭。「那……今天早晨三環路上發生的持刀搶劫案，你總該聽說了吧？」他的聲音越來越低沉，越來越急促，一隻手已經插進褲兜。

我的腦袋「嗡」地一響，心快蹦到嗓子眼了，沒想到剛買了手機就被搶劫犯盯上了。我把裝有手機的公事包緊緊地夾在腋下，一邊快步走，一邊思考：是乖乖地把手機交給他呢，還是和他拼鬥，或者記住他的體貌特徵等手機被搶後報警？算了，蝕財人安全，萬一在爭奪過程中他給我致命一刀，我豈不吃了大虧？

正當我準備打開公事包把手機乖乖交給他時，他突然從褲兜裡掏出一本精美的小冊子，笑著對我說：「我是創利資訊公司的，你剛買了手機，請訂閱我們公司開設的『奇趣新聞』短信業務吧，包月十元，全市每天發生的奇聞趣事你將在第一時間獲得……」

媽呀，原來是這麼回事。我長舒一口氣，直直地盯著他，很想發火。

他看著我，忽然換了一副表情，一臉誠懇地說：「兄弟，這是我的第一份工作，支持一下吧！」

張大爺的莊稼地

有一塊莊稼地，是張大爺的，在城市西郊。照理說，在寸土寸金的城市邊擁有這麼一塊面積不算小的莊稼地，張大爺應該高興才是。可現在只要一提起莊稼地，張大爺就唉聲歎氣。咋啦？正因為這塊唯一的莊稼地在城郊，結果種的菜和玉米總被城裡人偷偷摘去嚐鮮。張大爺氣憤，就狠狠地施農藥，結果連自己也不敢吃。眼看著這塊地就要被迫荒蕪了，張大爺成天悶悶不樂。

一個秋天的早晨，張大爺正蹲在地裡抽悶煙，忽然從地邊冒出一個年輕人。年輕人走到張大爺身邊，問：「大爺，你這塊地租不租？」

張大爺估計他租地不會有好事幹，就反問道：「幹啥？」

年輕人說：「種莊稼。」

「種莊稼？種啥莊稼？」張大爺站起身來，驚奇地看著年輕人。

「放心，大爺，絕對不幹違法犯罪的事。」年輕人說。

「咋個租？」張大爺問。

「這樣吧，我每年出一萬，租期五年，怎麼樣？」年輕人爽快地問。

「莫開玩笑喲！」張大爺笑了笑。

「君子一言，駟馬難追！」年輕人一本正經地說道。

就這樣，張大爺和年輕人達成了書面協定，把地租了出去。為表示誠信，年輕人還主動預付了一年的租金。

然而，年輕人把地租去後，卻沒有種莊稼的跡象。張大爺不禁為年輕人捏了把汗。但白紙黑字，有協議在手上，張大爺也不怎麼著急。

轉眼冬去春來，一天早晨，張大爺又照例向莊稼地走去。只見年輕人帶著幾個小伙子，拉著繩子在地裡量來量去。

張大爺忙問：「種啥」？

「暫時保密，秋收時你老再來看吧！」年輕人故意賣關子。

一晃幾個月過去，張大爺往莊稼地走去。老遠，他就在靠近莊稼地的公園邊見到一幅大看板，上面是一片火紅的高粱林。

年輕人見張大爺來了，走過來又遞上一支煙。不等張大爺問話，他就立即介紹道：「我根據城裡人各年齡層次的生活特點，將莊稼地進行了功能分區，劃出若干小塊，為兒童設置了天然益智謎宮，為青年男女創造了約會戀愛的天然場所，為老年人提供了既鍛煉身體、又享受採摘樂趣的園地，同時將採收後留下的高粱桿，作為中年人釋放工作壓力、消除心中煩惱的發洩對象，讓他們在裡面搞『破壞』。此外，我還用收穫的高粱製作了咂酒和饃饃，結果供不應求。照目前的經營狀況看，一年種兩季，掙個四、五萬沒問題。」

張大爺一把握住年輕人的手，不停地說：「祝賀祝賀。」回家的路上，他不禁拍拍自己的腦袋：「多好的一塊地啊，我咋沒想到這莊稼還能這麼種呢？」

這條小河水很深

狗寶寶想到小河對面去玩耍，它來到河邊，見河水嘩嘩地流，不敢下水，只好跑回家問狗媽媽：「媽媽，這條河的水深不深？」狗媽媽和狗寶寶剛搬到這兒來居住，她吃不准河水究竟深不深，但又害怕狗寶寶出意外，就說：「水很深，你不能下河去！」狗寶寶只好乖乖地待在小河這邊。

狗媽媽為了狗寶寶的安全，就打電話問小河對面的狗爺爺：「這條河的水深不深？」狗爺爺遲疑片刻，說：「可能比較深。」狗媽媽就又告訴狗寶寶不能過河去。

過了幾天，狗寶寶又想到小河的對面去玩耍。它跑到河邊，突然想起狗媽媽的話，只好又跑回家。狗媽媽見狗寶寶又想到河對面去，很不放心，就又打電話問狗爺爺。狗爺爺說：「河水很深。」狗媽媽再次告誡狗寶寶不能過河去。

又過了幾天，狗寶寶很想到小河對面去玩。它跑到河邊就又想起媽媽的話，只好快快地回家。狗媽媽狠狠地批評了狗寶寶一頓，又打電話問狗爺爺。狗爺爺說：「河水非常深。」狗媽媽警告狗寶寶千萬不能過河去。

再過了幾天，狗媽媽要去小河對面辦事。她為了防止狗寶寶私自下水，就找一根繩子將狗寶寶套在家裡，接著打電話再次詢問河水的深度。狗爺爺在電話中說：「你也不能過河，我可以肯定地告訴你，這條河的水非常非常深，因為我看見一隻狗試探了好幾次都不敢下水！」

狗媽媽一下子愣了。

《狐狸和烏鴉》的第N個版本

在濱海市，住著一位女歌星，姓賈。也住著一個男大款，姓錢。賈歌星和錢大款雖然同處在富人區的別墅大院裡，也都是單身貴族，但從不往來。只有偶爾幾次，錢大款牽著寵物狗「汪汪」，賈歌星提著寵物鳥「莎妲」出門散步，在林蔭道上不期而遇，兩人才客套幾句。錢大款總是說：「賈歌星啦，你的歌好好聽啦。」賈歌星嫣然一笑，也總是說道：「錢大款也，你好好能幹喲，真會賺錢呢！」

一天上午，賈歌星和錢大款都外出公幹去了。「莎妲」鳥沒事，就站在院子裡那棵歪脖子槐樹的枝幹上玩。「汪汪」狗在樹下睡完懶覺，忽然抬頭看見「莎妲」嘴裡叼著一樣東西，連忙起來搖頭擺尾地圍著槐樹打轉兒，望著「莎妲」鳥「汪汪」地說：「莎妲小姐啦，你的歌好好聽啦，請你唱一首好嗎？」

「莎妲」鳥瞥了瞥「汪汪」狗，依然昂首挺胸地站在樹枝上，對「汪汪」狗不予理睬。

「汪汪」狗伸出舌頭舔舔嘴巴，用幾乎乞求的口氣又說道：「莎姐歌星啦，請你看在我們是鄰居的份上，唱幾句吧！」

可是，「莎姐」鳥只低頭看了一眼「汪汪」狗，仍然一聲不響。

「汪汪」狗還不灰心，它搖著蓬鬆的尾巴，繼續說道：「莎姐歌星呀，你的歌我好好喜歡哦，請你隨便唱一句，只唱一句好嗎？」

過了一會兒，只見「莎姐」鳥輕蔑地瞟了一眼「汪汪」狗，臉上掠過一絲笑意。它極不情願地彈了彈腿，腰一伸，頭一擺，「嘰」的一聲，轉身就飛進了賈歌星的別墅，嘴上的東西立刻飄落下來。

「汪汪」狗興奮地撲上去，正要叼起掉下來的東西，突然掉頭就跑，一邊跑還一邊罵道：「媽的，老子還以為是支票呢！」

突然起一陣風，掀起「莎姐」鳥丟下來的東西。原來那是一張演出卡片，上面寫著：「請交出場費五萬。」

視頻相親

俗話說：光陰似箭，日月如梭。這不，轉眼間我也成「剩男」了。提起我的終身大事，父親直歎氣，母親直掉眼淚。為了父母，更為了自己，我決定到都市紅娘會所去一趟。

一進門，紅娘很熱情地為我倒了一杯水，接著順手遞給我一張表讓我填。填完表，紅娘看看表又看看我，驚歎道：「三十五歲，碩士學位，大學教師。優秀男人，優秀男人！」接著對我說：「把你的QQ號留下吧。」

「為啥要QQ號？」我問道。

「像你這麼優秀的男人，一般的女子配不上。為了避免初次見面就分手的尷尬，我想讓你們視頻相親。」紅娘說道。

沒過幾天，根據紅娘的安排，我就開始相親了。

在QQ上聊了一會兒，當我一打開視頻，一張滿是青春痘的胖臉就塞滿了螢屏。

「啊？」我倒吸一口冷氣。

為了不出現尷尬，我連忙鎮靜，準備詢問她。不料她很快就問我：「你有什麼嗜好？」

哼，不瞧瞧自己是什麼形象，還好意思問我。我想故意氣她，讓她下線，就說道：「抽煙、喝酒、賭牌。」

她接著問道：「你一個堂堂的大學教師，怎麼還有這些惡習？」

「怎麼是惡習？這是男子漢的光榮傳統！」我自豪地答道。

「呵呵，原來是這樣！」她咧嘴一笑。

天啦，不光滿臉是青春痘，滿口牙齒也是黑黃黑黃的。我連忙扭過頭去，差點嘔吐出來。

待我再看視頻，胖臉頭像不見了，換之一張清秀的瓜子臉。

「你？」我驚問。

「你什麼你？難道不許人家相親前化妝啦？」瓜子臉笑道。

「剛才那位……」我又問道。

「那是我的一個小姐妹。你們剛才的談話我都看見了，我想，一個抽煙、喝酒、賭牌的男人不太適合我。拜拜！」瓜子臉一閃，不見了。

我一下子傻了。

包二奶大賽

又到歲末，糊塗鄉照例又要表彰獎勵企業功臣。為提高企業的參與度，提升比賽的影響力，糊塗鄉決定別出心裁，舉辦一次包二奶大賽。

沒想到大賽海報一貼出，老闆們都撩開平時躲躲藏藏的面紗，紛紛報名參賽，並向組委會提交了包二奶的事蹟材料。他們認為，這次比賽非同尋常，比的是人氣、賽的是魅力。

報名時間一截止，組委會就開始了緊張的評審。經過初評、複評，柳巷社區的趙、錢、孫、李和花街社區的周、吳、鄭、王八個老闆進入了終評。然而，就在終評階段，評委們犯難了，八個老闆包二奶都各有千秋：有的數量多，有的文憑高，有的年紀輕……五花八門，標準不一，難定勝負。

組委會為此召開了一天的會議，重新研究評定辦法。會上，有的評委建議抓鬮。此話一出，當即遭到其他評委的反對：「抓鬮評判不科學，有失比賽的嚴肅性。」有的評委說：「這些年每次比賽都得到了眾多老闆的贊助，如果不認真評選，將會影響今後的經濟發展。」

會議陷入沉默。片刻，主評委一拍腦袋，叫道：「有了，我們何不根據老闆們包二奶的特點，都給他們一個名副其實的獎項呢？」

提議得到眾評委的贊許。於是，大家重新翻開趙、錢、孫、李、周、吳、鄭、王八個老闆包二奶的事蹟材料，認真審閱起來。

頒獎大會如期舉行，場面非常熱鬧。八個獲獎老闆身披彩帶，喜笑顏開地站在主席臺中央。糊塗鄉胡鄉長拿著話筒，高聲宣佈道：「授予趙老闆『數量獎』，他擁有八十個二奶；授予錢老闆『素質獎』，其二十個二奶全是碩士研究生；授予孫老闆『學術獎』，他在百忙中撰寫性愛日記一百本、心得體會五十篇；授予李老闆『青春獎』，其三十個二奶都是妙齡少女；授予周老闆『揮金獎』，曾一個月為十五個二奶花費一千八百萬；授予吳老闆『和諧獎』，他的二十三個二奶和原配夫人和睦共處達一年之久；授予鄭老闆『幹勁獎』，他每週堅持和十個二奶過性生活三十次；授予王老闆『管理獎』，他用MBA知識管理著二十五個二奶。下面，請縣公證處公證員對本次比賽作公證。」

公證員拿過話筒，站起來朗聲說道：「我宣佈，包二奶大賽的評獎結果真實有效。此外，我認為八個老闆除了得到的獎項外，還應共同獲得一個獎，那就是『道德敗壞獎』。這八個人的行為已嚴重破壞了社會管理，證據確鑿，無需調查，執行逮捕！」說罷，公證員迅速脫掉外套，露出公安制服。他掏出工作證，向臺上八個老闆一亮，接著十多個民警蜂湧而至，威嚴地站在老闆的面前。

八個老闆頓時驚呆了，只得乖乖地伸出雙手，戴上手銬。

會場上立刻掌聲一片。

孟浩然當官

初春的一天，鄉土詩人孟浩然正在田園賞景，忽然腰間的手機響了，一看，是王維打來的。孟浩然一按接聽鍵，笑道：「王兄，在官場逍遙夠啦，又想起我這個草民啦？」

王維知道這是一向仕途不順的孟浩然又趁機拿他開玩笑，也不計較，就順著竿兒笑道：「是啊，成天花天酒地，日子過得那個美呀，美呀！」

「美個屁，不怕朱門臭酒肉壞了你的狼心狗肺？這樣吧，看在你是我的好哥們兒的份兒上，趁這大好春光，勞駕你到我這裡來吃吃野菜消消腫，順便我倆又和幾首山水田園詩。」孟浩然仍舊笑道。

「不啦，孟兄，公務纏身。我這次找你就是與詩有關，而今皇上命我牽頭舉辦『盛世麻將杯』全國詩歌大賽，我想向你約稿參賽。」王維一本正經地說道。

孟浩然氣不打一處來，嚷道：「王兄，你知道我是寫山水田園詩的，也從不幹阿夷奉承之事，幹嗎還羞辱我？」

「誤會誤會，孟兄，我是說你可將〈春曉〉改一改，扣一扣麻將主題就可以參賽啦。如果不願改，為兄願為你代勞。你看這樣行不行：春天不覺曉，處處聞啼鳥；盛世麻將聲，贏得真不少。」王維說道。

「你看著辦吧！」孟浩然掛斷了電話。

轉眼過了個把月，王維又興沖沖打來電話，告訴孟浩然的〈春曉〉榮獲「盛世麻將杯」全國詩歌大賽唯一金獎，請他赴京領獎。孟浩然欣然答應了。

頒獎會如期舉行，場面隆重熱烈，孟浩然作為獲獎代表，還被安排在主席臺就座。當一切儀式進行完畢，應邀蒞會的唐玄宗作重要講話。他拿過話筒，沒說過多客套話，就宣佈了一項決定：「為豐富人民的業餘生活，光大麻將文化，朕決定成立全國麻將協會，由孟浩然先生擔任協會主席，享受一品奉祿！」

會場一片譁然，接著爆發出雷鳴般的掌聲。

同坐在主席臺上的王維側過頭看著孟浩然，掏出一張紙巾撣了撣他肩上的頭皮屑，微笑著低聲說：「孟大人，今後多多關照老弟喲！」

孟浩然扭頭看著王維，淡淡地笑了笑。

有特異功能的痲老太

暖暖秋陽，幾個老頭子在院壩裡說說笑笑，聊些家長里短的事兒。

突然，「轟」的一聲，緊靠院壩痲生的家，牆壁上立刻出現了一個井口大的洞，磚塊散亂一地。

老頭兒們扭頭一看，只見從洞裡爬出一個披頭散髮的人，坐在地上，耷拉著腦袋。

老頭兒們趕緊湊過去：呀，是痲老太！連忙喚她，卻不應。

消息很快傳到痲生耳朵裡，兩口子抽腿就往家裡跑。趕到院壩，痲生不敢相信眼前的一切，也不敢靠近痲老太，只稍遠地半蹲著，看著痲老太不停地喊：媽，媽！

痲老太仍不抬頭，仍然不應，嘴唇不停地顫動，似念念有詞。

消息又很快傳到村長耳朵裡。村長趕到痲生家，大喊了幾聲：痲老太！見不應，就徑直從牆洞裡鑽進去，檢查起來。

一間十來平方米的屋子，除了一張單人床，一隻糞桶外，別無他物。

麻生看著麻老太，尋思道：老太婆的身體一直好好的，不可能突然生病。

消息很快傳到鎮廣播電視站記者耳朵裡。記者連忙扛著攝像機往麻生家裡趕。院壩上已聚集了上百名鄉親，見記者來了，更是興致高昂、熱鬧非凡。

記者仔細察看了麻老太身後的牆洞，估計沒有幾百斤力量是撞不出來的。他又湊近麻老太仔細看了看，也看不出有什麼特別之處，只好初步斷定麻老太可能有特異功能。

記者決定探個明白，扛起攝像機採訪起來。他蹲下身子，鏡頭對準麻老太，大聲問：老太婆，最近身體有什麼不同的感覺？

麻老太抬了抬頭，嘴巴張了張，好像要說話，但沒說出聲。

記者連忙對麻生說：快，給老太婆喝水，她有話說。

麻生趕緊舀來一碗水，端到麻老太嘴邊。只見麻老太「咕咚咕咚」喝了幾大口，接著咳嗽幾聲，「撲」地咳出一口濃痰，差點砸在麻生臉上，嚇得麻生連退幾步。

記者接著又問麻老太：老太婆，你什麼時候有感覺的？

麻老太又咳嗽幾聲，喘了幾口粗氣：好多天了，總感覺肚子餓得很，有時餓得眼睛冒花。

記者再問：那……你又怎麼有那麼大的力氣把牆撞個大洞呢？

麻老太說：哪有啥力氣喲？我是從兩天前就開始用鋪床的竹蔑片一點點把磚縫的泥灰掏了，然後拼命撞開的。

記者發覺有些不對勁，連忙問麻老太：這究竟是怎麼回事？

麻老太突然淚眼汪汪：麻生他兩口子為了討兒媳婦，在鎮上買了洋房，一直不回來。我已經三天沒吃東西了！說完，一下子癱倒在地。

啊？眾鄉親立刻圍了上來。

眼跳

接連幾天，張老漢的眼睛皮跳得厲害。

有人說：左眼跳財，右眼跳災。可張老漢的左眼右眼都跳，跳得張老漢心驚膽寒。

張老漢就破釜沉舟：老子就待在家裡，啥也不幹，哪兒也不去，看你還能跳出財去，跳進災來。

這天上午，張老漢坐在屋裡發呆，突然聽見門外「咚」的一聲，接著傳來呻吟聲。他連忙起身開門，原來是隔壁王老太不小心摔倒了，躺在地上起不來。

王老太一見張老漢，就痛苦地叫道：「張老弟，快來扶我一把。」

張老漢正要出門，忽然轉念一想：王老太都八十多歲了，如果去扶她，萬一有個好歹，我就是跳進黃河也洗不清啊！就這樣，張老漢又退回屋裡，老遠對王老太說：「嫂子，我不能出來，我這就給你兒子打電話！」

不一會兒，王老太的兒子接到電話回來，一邊攙起地上的母親，一邊朝張老漢嚷：「張大爺，你也真是的，隔壁鄰居的，咋就不幫一幫呢？」

張老漢窘得無地自容，連忙關上門縮到屋角裡。

第二天，張老漢仍舊窩在家裡。悶到下午，他打開門想透透風，忽然看見門前地上有一個紅色的錢包，鼓鼓的。

張老漢正要出門去撿，又一個念頭冒了出來：這年頭搞丟包詐騙的事兒還少嗎？肯定又是一個誘餌。

想到這裡，張老漢不禁冒出冷汗。他連忙合上門，躲進屋裡。隔了一陣子，好奇心促使他想看看錢包還在不在。透過門縫，他貓著眼一瞧：哈，錢包不見了。張老漢心裡一塊石頭總算落地。

沒多久，張老漢的兒媳急衝衝趕回來，開門就問：「爸爸，你見到我錢包嗎？」

「沒，沒，啥顏色的？」張老漢問。

「紅色的，裡面有兩千塊錢啊！」兒媳急得快掉眼淚。

「啊？」張老漢瞪大著眼。他恨不得抽了自己一巴掌，自責地罵了聲「媽的」。

誰知一巴掌下去，張老漢的眼睛不跳了。噫，咋個不跳了呢？張老漢使勁瞪了瞪眼，又揉了揉，還是不跳。

「看我這德性！」張老漢禁不住又想抽自己一巴掌。

與美女合租

高中畢業後，我便到城裡打工。雖然沒有文憑，沒有技術，但憑著一米八的個兒，一張俊秀的臉，我還是在一家超市謀到了門衛的差使。

久而久之，我認識了常來超市購物的麗麗。麗麗苗條的身段，瀑布段的頭髮，鵝蛋般的臉龐，常常令我想入非非。

麗麗也很高興認識我，時不時待我下班後邀我一起吃夜宵。

這樣過了半年，我的房租到期了，房東收回自住。在超市周邊轉悠了好幾天，沒有找到合適的。正當我為租房問題焦頭爛額之際，麗麗提出讓我和她合租。

麗麗一提議，我簡直欣喜若狂，我很想和這位美女住在一起，然而很快又遲疑了，面露難色。

「怎麼啦？怕房租貴？」麗麗笑著問我，接著說道：「這房子月租費一千兩百元，是有點貴，但我已經付了一年的費用，你可以不承擔。」

「不是這個意思，我是怕你的男朋友……」我搖搖頭說道。

「哦，怕他呀！我的男朋友沒在這座城市。況且，清者自清，濁者自濁，你說是不是？」麗麗看著我，平靜地說道。

一塊石頭終於落地！我便爽快地答應了同麗麗合租。可想想自己一分錢不付就住進去，實在有些說不過去，並且也有寄人籬下的感覺。於是就取出打工省下來的八千塊錢塞給麗麗，算作一年的合租房費和水電氣費，她客氣半天收下了。

第二天，我收拾行李準備搬進去，麗麗打來電話對我說，她男朋友的父母要來看她，怕引起誤會，讓我等幾天再搬過去。我想想也是，就找了家小旅館住了下來。

幾天後，我打麗麗的手機，關機，於是便到租住屋去找她。敲了半天門，沒開。這時，一個老太太從樓上走下來，問我是不是租房子，並告訴我有個女孩租期已滿，剛搬走。

我呆了。

老王帶路

老王從部隊轉業回來，在單位開了幾十年的車，不僅駕駛技術熟練，而且對這座擁有百萬之眾的城市非常熟悉，路線圖就像印在他腦袋裡。老王退休後非常不習慣沒車的日子。一天，他目睹了一起因路線不熟引發的車禍，便決定做個義務帶路員，這樣不但可以避免事故，又可以到車上坐一坐，過過車癮。

於是，老王像其它帶路人一樣，站在高速路進口，舉一面鮮紅的小旗，上面醒目地寫著「免費帶路」。可他沒想到，幾天過去了，竟然沒有一個車主願意請他帶路，即使有不熟悉路線的車主，也只請那些收錢的人帶路。沒有人找老王，老王特別鬱悶。

老王覺得自己成了一個廢人，免費給別人幫忙，人家都不願意，心情很不好。雖然這樣，老王還是堅持每天到路口站著，把旗子舉得高高的。

一天傍晚，一輛紅色寶馬突然停在老王面前。司機探出頭來，問陽光路怎麼走？終於有人找老王幫忙了。他高興極了，連忙拉開車門，坐到副駕駛位上，為司機熱情地指著路。等車駛上陽光路，老王不經意一回頭，這才發現自己後面坐著老闆朋友老李。老王知道老李是不會不認識路的，猜想這裡面肯定有問題，於是再三追問。最後，老李告訴老王，是他見老王整天不開心，又整天站在路邊，怪可憐，才故意讓老王帶路。知道真相後，老王氣憤得半路就下了車，心裡堵得很，頭腦一片空白。

又一次，一輛別克車停在老王面前。對方問他是不是帶路的，又問老李要多少錢？老李瞅瞅車上，確定沒有熟人，就說完全免費。對方聽了大笑，說世上怎麼可能有免費這種事，除非是個騙子，把人帶到僻靜處搞敲詐。老王被憑空誣陷，本想扭頭走人，但看對方真是不知道路線，又為他擔心，最後就答應收取十塊錢勞務費，對方這才讓他上車帶路。

直到這時，老王才明白沒人找自己帶路的真實原因。後來老王重新做了面紅旗，上面特地註明每次收費十元。結果老王每天跑個不停，忙得不亦樂乎，生活充實多了。

順手牽禍

在燈火闌珊的夜市，他穿過熙熙攘攘的人群，很快就順手牽羊，拿到了一部高檔迷你型手機。

回到出租屋，他一邊把玩著手機，一邊竊喜，正要關機睡覺，手機突然「嘀嘀嘀」地響了幾聲，來短信了。

他打開一看，藍色螢幕上出現了一行文字：寶玉哥哥，我是黛玉妹妹，在青春酒家獨飲，有些醉，快來幫幫我。

情人？他抿嘴一笑，接著轉念一想：自己快三十了還沒玩過情人，何不趁她酒醉，來個將錯就錯？他壞笑一下，就匆匆走出門去。

打的來到青春酒家，酒店快打烊了，只有一張桌子旁還歪歪倒倒坐著一個二十多歲的女孩，看樣子喝得不少。

「黛玉妹妹」。他走過去，試探地叫了一聲。女孩抬起頭，醉眼迷離地望著他：「寶玉哥哥，怎麼才來呀？」說著，站起來就往他懷裡撲。

他連忙抱住她，準備扶她下樓，酒店服務員就走過來，禮貌地說：「先生，請買單。」

「多少錢？」他問道。

「六百八十八元。」服務員答道。

「咋這麼貴？」他把眼睛瞪得像銅錢。

「這位小姐喝了一瓶高檔紅酒，還有……」服務員解釋道。

「好啦，好啦！」他打斷服務員的話，從身上摸出七百元錢，甩在桌子上：「不找啦！」然後擁著女孩下樓，打的回到住處。

一進屋，女孩就倒在他的床上。他看著女孩桃花般的臉，心裡有些衝動，剛想撲上去親吻，誰知女孩一把推開他的嘴，嬌裡嬌氣地說：「臭臭臭，去洗澡吧。」

來戲了！他心裡一陣狂喜，連忙三下五除二，脫掉衣褲就直奔衛生間。

等他洗完澡回到臥室，卻傻眼了：女孩不見了，自己的衣褲被扔在地上。

他趕緊抓起衣服，一摸衣兜：糟啦，今天剛領的工資也不見了！

這時，他看見床頭上有一張小紙條，連忙拿起來，只見上面寫著：「寶玉，不，寶氣哥哥，手機我已領走，總算完璧歸趙。另外，感謝你為我付了酒錢，還送我兩千塊錢作零花。」

他一下癱軟在地上。

牛股

喜歡炒股的牛鄉長一上任，就招商引資辦了一家養牛場。

一天，養牛場老闆來到牛鄉長辦公室，請牛鄉長奉獻墨寶，給養牛場取個名字。

牛鄉長欣然同意，立即抓過毛筆，鋪開宣紙，寫了「牛市」兩個大字。

養牛場老闆看了，一臉疑惑：「牛鄉長，我這是養牛場，不是賣牛的地方。」

牛鄉長一本正經地說：「你沒看見城裡頭的商場都改叫超市了嗎？我說叫『牛市』就叫『牛市』。」

養牛場老闆無奈，只得將「牛市」做成吊牌，掛在養牛場大門口。

轉眼春節將至，牛鄉長到養牛場視察。檢查完工作，牛鄉長執意要騎在一頭膘肥體壯的牛的屁股上照張像。

養牛場老闆連忙說：「牛鄉長，要騎只能騎牛背，騎牛屁股危險！」

隨行的新聞幹事明白牛鄉長的心思，便向老闆擺擺手，就和養牛場老闆一起把牛鄉長扶上牛屁股。

新聞幹事半蹲身子，端起相機：啈嚓！誰知鎂光燈一閃，牛被驚得一踹，牛鄉長就摔了下來。

新聞幹事和養牛場老闆連忙扶起牛鄉長，牛鄉長拍著身上的牛糞，罵道：「媽的，老子還沒作思想準備，這牛股就震盪起來了！」

新聞幹事和養牛場老闆不禁「哈哈」大笑起來。

午夜來電

一天深夜，一陣手機鈴聲突然響起，把我和妻子從夢中驚醒。妻子下意識地推了我一下，示意我接電話。我立即從被窩裡探出一隻手，從床頭櫃上抓過手機，一摁接聽鍵，裡面傳出女人的聲音：「親愛的，你快過來。」

「你是誰？」我猛地一驚。

「親愛的，別離開我。」電話那端，女人仍舊喊道。

「哪個女人找你？」妻子抬起頭，湊近盯著我。夜深人靜，很顯然她已聽到了電話裡的聲音。

「別胡說，深更半夜的，有可能別人打錯電話了。」我扭過頭，一本正經地對妻子說。

「我胡說？那為什麼沒有人打錯我的電話？」妻子提高聲音問道。

「好了好了，別把孩子吵醒啦。」我連忙屈服，接著對著話筒說道：「喂，你打錯電話了，我要掛機啦。」

「別、別，親愛的，我、我要走了！」電話裡，女人軟綿綿地說道。

「怎麼回事？」我又驚問。

「你快過來吧！」女人已經有氣無力。

「你在什麼地方？」我連忙問道，順手推了推已經湊到我耳邊的妻子。

「和平路、路……」女人的話斷斷續續。

「好啊，你這個不要臉的，外面養了好多野女人？居然還弄不清楚是哪一個，還在我面前裝蒜！」突然，妻子呼地坐起身，一把抓過我的手機，「啪」地摔到地上，瞪著我：「你今天晚上敢出門一步，我們就離婚！」

重新睡下後，我和妻子背對背度過了後半夜。

第二天，妻子還在生我的氣，不和我說話。下午下班回家，我扔給妻子一張晚報，沒好氣地說：「看看吧！」妻子詫異地看看我，抓過報紙認真翻起來。在「社會新聞」版，一條醒目的短新聞赫然入眼：「昨夜和平路三號，單身女服毒身亡！」

妻子抬起頭望著我，愣了。

老張的最後心願

精瘦的老張突然倒床了。

從未吃過感冒藥的老張說病就病，並且比較嚴重，住進了危重病房，醫院的病危通知就下了兩次。

這天早晨，老張又蘇醒過來，睜著眼看著坐在床前的兒子小張，嘴巴張了張，似乎要說什麼。

小張連忙湊近耳朵，卻聽不到老張發聲，老張已說不出來了。

小張握著老張乾癟的手：「爸爸，你是擔心媽媽吧？媽媽在家裡，有你兒媳婦和孫子陪著，好好的。」

老張輕輕搖搖頭，嘴角又動了動。

小張說：「爸爸，你是擔心錢吧？我已將你身上的十三塊四角錢和銀行五百二十九塊錢的存摺都交給媽媽了。」

老張又輕輕搖搖頭，嘴角依然動了動。

小張帶著哭腔：「爸爸，你是擔心弟妹吧。你放心，我已按你的吩咐，叫他們在外面好好工作，不要回來，說你只是得了一點小感冒。」

老張仍舊搖搖頭，頭輕輕一側，兩眼盯著床頭邊兒子剛喝剩下的一隻純淨水空塑膠瓶。

原來，老張想喝一口純淨水。

爸爸活了一大把年紀，連瓶純淨水也沒喝過！小張鼻子一酸。

「爸爸，我這就去給你買純淨水！」小張說著，快步走出病房。

誰知，小張剛到病房門口，就聽老張「咯」的一聲，嚥下了最後一口氣。

「爸爸！」小張轉身瘋也似的撲向病床，抓住老張的手嚎啕起來。

空純淨水瓶「啪」地從床頭摔下來，滾出老遠……

住院

大年初一清晨，一個老太太來到醫院要求住院。

見老太太氣喘吁吁的樣子，值班醫生和護士連忙把她扶進辦公室坐下。

醫生邊拿聽診器邊問：「老人家，頭暈嗎？」

老太太搖搖頭。

醫生又問：「那，胸悶嗎？」

老太太又搖搖頭。

醫生拿著聽診器，看著老太太：「老人家，你究竟哪裡不舒服？」

老太太氣已歇勻大半，說：「醫生，我哪裡都舒服。」

醫生一怔，抬手摸了摸老太太腦門：「沒發燒啊！」接著扭頭對護士說：「還是測一測吧。」

護士很快過來，拿著體溫汁就要解老太太的棉襖。

老太太順手一擋，嚷道：「我沒發燒。」體溫汁「叭」地掉到地上，碎了，嚇得護士尖叫一聲。

醫生一驚，看著老太太叫道：「壞了，難道腦子有毛病？」接著抓過桌上的電話機就撥號。

老太太一看，急了，叫道：「醫生，我沒有病啊！」

醫生停下撥號的手，說道：「你沒有病？沒有病大過年的到醫院來幹啥？」

「我確實沒有病。」老太太急得眼圈紅了，「你不知道，我的兩個兒子自從結婚後就很少回老家，連今年過年就是我老婆子一個人過，我看住院了他們回不回來一趟。」

醫生一愣，隨即想到獨居老家的母親，神情一下子變了。

三顆心

他睡在那屋，她睡在這屋。他沒有鼾聲了，她仍無睡意。

她在想。

結婚八年了，還沒有孩子。公婆很著急，笑臉變冷臉了。

她是兒媳，公婆有兒有女。她有權對自己冷漠。

石女！外人這麼叫她，公婆也這麼叫。刺耳，扎心！她承受不了，她想去死，可……

她不敢正面瞧人們的臉。可偏偏別人最注意她。背後傳來的刺耳語言，刺她的心。

離婚！公婆逼過她。她欲哭無淚。想死不能。因為世上還有他理解她，愛她。可近來被逼得……不敢和她同床。

冷白的月光斜射進來，灑在她蒼白的臉上。

這時房門被輕輕推開，他來到她床面前。

她睜著眼，仍沒動，心在亂跳。

「我對不起你。我去檢查了，是我不生……我必須對他們說清楚！」他俯下身。粗壯的手托起她的頭。

她眼淚湧出來了，放聲哭了，摟住他的頭。

隔壁，傾耳監聽的公婆悄然溜開了……

換鎖

這幾天小偷兒太猖狂了，接連盜走了李三家的電視機、收錄機，氣得李三捶胸頓足，女人呼天搶地地哭。

眾鄰都把自家的東西收拾好，都出來大罵偷兒「砍腦殼的」，都來勸李三兩口子。戲一陣，有人主張把李三家的大門換上內鎖。

李三家大門很快換上了嶄新的內鎖。

可不幾天，李三的女人又哭得傷心。一打聽，她家的衣櫃被人撬開了，毛料衣服丟失了不少。

「換上三保險的！」有人提議。

立即，李三家的大門上又換上了三保險的鎖。

然而才過一天，李三家床枕邊剛賣豬的錢又被盜了。兩口子氣得直往堰塘邊跑。

眾鄰連忙趕去勸說，好歹把李三兩口子拉回來。

回來後眾人都議論這怪事，議論半天都是惑然不解，都去找警察。

警察聽罷眾人的述說，驚得一拍桌子，說：「走，去看看。」便帶頭進了李三的家。

屋裡屋外看一陣，結果讓人們都歎了口氣。

原來，李三家的後門一直沒有栓也沒有鎖。

詢問

兩個鄉下青年，來自不同的地方，從初中一同讀到高中。不知從何時起，他總愛有意無意地盯著她。

操場裡，他盯著她。她心裡有些發慌，連忙來到偏靜處，掏出小鏡子照了又照，沒什麼。然後放心地離去。

教室裡，他盯著她。她心裡感到不安，連忙跑到廁所裡重新梳理了頭髮，整理了衣服。然後離去。

食堂裡，他盯著她。她心裡一陣惶恐，連忙逃回寢室，一個人坐在床邊。是自己做錯了什麼？是自己得罪了什麼人？沒有呀。難道……他喜歡我？她的臉霎地緋紅，心裡狂跳不止。

為了躲開他的目光，她開始無故翹課，直到他考上了大學。她終於鬆了口氣，再也沒有人盯她了。

後來，她嫁了人，他大學畢業後在省城參加了工作，也建立了家庭。

每當勞作一天、夜深人靜的時候，她躺在鼾聲如雷的丈夫身邊，不由想起他盯著她的情景。他盯著我是什麼意思呢？她百思不得其解，無奈輕歎一聲：主動詢問一聲，多好！至少能解除疑團，或許還會改變人生。

我想獲獎

上課鈴剛響，兩個幹部模樣的人便走進教室，說是搞知識競賽，優勝者將獲得獎勵。大民聽了很高興。

說實在話，大民做夢都想獲獎。家裡祖宗八代都是農民，父輩以上沒讀過多少書，鬥大的字不識一蘿筐，獲獎與他們無緣。大民上學後，發誓把書念好，評個「三好學生」什麼的，一來可以光宗耀祖，二來也過一過獲獎的癮。可是不知怎麼的，從小學到高中，大民的學習成績總是平平，從來沒有獲過獎勵。

眼下，大民覺得應該努一把力，掙個獎回去給大夥瞧瞧。

拿到知識競賽試卷，大民比參加歷次考試還激動，他迅速調整好情緒，穩住有些發抖的手，捏著鋼筆聚精會神地答起題來。

教室裡一片靜寂，大個子幹部發完試卷，站在講臺上，背著手審視著教室裡的前後左右。大個子幹部同來的眼鏡幹部拎著相機，變換著角度不停地「哢嚓」著。或許是大民慎重答題的樣子很特別，眼鏡幹部還側身越過前面的同學，雙手端著相機對著大民專門「咔嚓」了一下，閃光燈很刺眼，但大民心裡甜滋滋的。

一節課很快過去，兩個幹部收完試卷走了。大民和同學們興高采烈地談論著競賽，核對著答案，直到第二節課上課了，他還沉浸在興奮之中。

後來，又上了很久的課。大個子幹部和眼鏡幹部卻始終沒有來過。同學們早把知識競賽的事忘掉了，可大民還幸福地想著：也許明天兩個幹部就來教室宣佈獲獎名單，說不定一等獎獲得者就是我呢？

再後來，大民放暑假回家了。一天，大民扛著鋤頭去翻地，在路上撿到一張報紙，只見上面刊登著一組照片。照片的標題是：打工仔回鄉踴躍參加「普法」知識競賽。該組照片獲得了「職業道德杯」新聞競賽圖片類一等獎。

羊道

一座高山，橫亙在前。

一個秋天的黃昏，有一隻懷胎的羊要翻過高山到山那邊去。走著走著，快到半山腰，它正要穿過一處地勢平坦的地方，猛然發現一隻狼伏在那塊平地的荒草叢中，等待獵物自投羅網。

母羊驚出一身冷汗，連忙輕輕地折轉身，一頭鑽進叢林裡，向山上爬去。這隻羊一路鑽荊棘，爬陡坡，過懸崖，終於氣喘吁吁、傷痕累累地越過山頂，走到了山那邊。

轉眼幾個月過去，春天到了，母羊生了崽。一家子又要經過高山到山那邊去。快到地勢平坦的地方，母羊連忙站住，豎起耳朵聽了聽，擔心那隻狼還待在平地的草林裡「守株待兔」，只好帶著孩子鑽進荊棘叢裡，踏上自己原來走過的路。

就這樣，年復一年，母羊帶著子孫們在這山林裡來來去去，一條本來不是路的路，終於被它們踩了出來。

後來，山下住了人家。人們到山上砍柴或者到山那邊去，走到地勢平坦的地方，他們本想穿過平地過去，可看見平地上荊棘叢生，而離平地不遠有一條彎彎曲曲的小路，便不自覺地踏上這條小路。

此後，過往的行人翻過這座山，也根據當地人的指點，沿著羊們走出的小路來來去去。

一天，細雨霏霏，路面很滑。一個商人挑著貨物在小路上失足，掉到半崖。山下的人得知消息，趕來救人。然而，站在狹窄的羊腸小徑，根本無法施救。

正在為難之際，有人提議越過地勢平坦的地方，繞到半崖上救人。於是，幾個男人拿著砍刀，一路披荊斬棘走過平地，順利地爬上半崖，把人救了下來。

突然，一個人站在半崖上，「啊」地驚叫一聲。原來，他這才發現，如果穿過平地到山那邊去，路比羊腸小徑平坦得多，路程也節省一半。

遭遇地下人

二〇九四年元旦剛過，身為世界資源局局長的威廉突然陷入苦惱不堪的境地。

從此，他無故發怒，無故摔碎東西，無故辭退了助手，自己則帶上所有的先進電腦設備，住進了森林。

一天，威廉起了個大早。他煩悶極了，連洗漱也顧不上就打開了電腦，想看看動物資料片。可是，無論怎樣調試，螢幕上總是耀眼的紅光，耳機裡有一種炮彈在空中飛過的聲響。

威廉揉了揉雙眼，然後在鍵盤上打進了所有的問訊資訊。

然而，螢幕上仍然是紅光一片。耳機的回答是否定的：紅光不是外星傳來的訊息，也不是地球上的任何信號。

正當威廉要關掉電源時，耳機裡突然傳來話語，聲音極其微弱，像是蚊子的叫聲。

「朋友，請調試一下耳機的音量，我有話對你說。」

威廉被這突如其來的聲音驚了一下。片刻，他才下意識地掃視一周空寂的屋子，取下耳機調整了音量。待他抬頭再看螢幕時，螢幕上已出現了影子。

這影子周身透明，就像用水晶體做成的蚱蜢，它站立著擺了擺頭上的一對「觸角」，咧開嘴似笑非笑地說：「朋友，我是地下人，居住在你腳下三十萬米深處的地下城市裡。」

我的天，他們居然能夠在地表下居住！威廉驚異了一下，盯住螢幕問：「你們要幹什麼？如果要掠奪地球資源，我永遠也不會答應！」他的腦子在飛快地打轉。

「ＮＯ，ＮＯ，ＮＯ！」地下人笑道，「我們的任務是對你們地球人進行研究，給你們指出一條光明大道來。」

「研究？研究我們什麼？」威廉問道。

「你不明白，我們地下城市的居民，原本都是地球人，是在地球上活得非常苦惱、對世塵看不慣又見得多的人。我們分期分批來到這裡參加實驗，目的是把地球人改變成為地球造福的人。」

「怎麼實驗的？」威廉驚問。

「我們先讓你看看實驗標本。」地下人好像並不在意威廉的提問。這時，螢幕上出現了一張照片，幾個笑容可掬的老頭兒站在一起。

「那不是失蹤達三年之久的國際安全局長喬治和環境部長傑克他們嗎？」威廉差點叫出聲來。

「再過一月，這些地球人將會力量無比，智慧無比，從此為地球建設作貢獻！」

「威廉，來參加我們的實驗吧。請你考慮考慮，三小時後地下飛船來原地接你。」喬治說話了。

威廉完全像夢遊了一回。好半天，他才回過神來。等他再看螢幕時，螢幕上早已一片空白。

怎麼辦呢？威廉沉思著。面對各國之間的無休止紛爭，超級大國對世界和平的故意破壞，生態環境嚴重失衡的局面，自己是接受這些現實而苟活下去，還是去參加地下人所謂的實驗。他認真地思索一會兒，就收拾起東西來……

普降十歲

一天清晨，S縣城的居民在鳥兒的鳴叫聲中醒來，都相繼在自家門縫裡收到了一份縣政府的紅頭文件：全體市民從今日起，一律普降十歲。這是哪門子事兒？一時間，全城沸騰了。一些老幹部跑到縣委、縣政府打聽。縣委書記、縣長外出招商去了，其他領導和幹部職工也丈二尺和尚——摸不著頭腦。於是，全城上下都興奮地議論著這件事。

最興奮的是縣垃圾處理廠李廠長。李廠長今年五十六歲，前天剛收到卸職檔，今天準備到廠裡交接工作。突然得到縣政府「普降十歲」的文件，他心裡比吃了糖還甜。普降十歲，就意味著自己才四十六歲，年富力強，還可再作「奉獻」。吃過早飯，李廠長就趕到廠裡，召集全廠幾十號職工開了個會。他首先宣讀了縣政府的文件，然後宣佈自己才四十六歲，還能幹廠長的工作，再然後向主管部門的局長打了個電話，表示堅決執行縣政府的決定。這一下讓已經升任廠長的張副廠長始料不及。可縣政府的檔精神不是鬧著玩的，他只能「啞巴吃黃連」，自認倒楣。

最倒楣的要數環宇廢舊回收公司的王經理。昨天公司剛收購到別人弄來的幾噸銅絲，看樣子可大賺一筆。於是，一大早王經理就來到娜娜髮廊「喝早茶」，以示慶賀。可和小姐辦完「業務」，髮廊老闆娘卻不讓他出門。王經理急了：「你今天是怎麼回事？老熟人。」老闆娘卻不緊不慢地說：「王經理，人熟理不熟，今天陪你的是一個才十二歲的幼女，你必須拿一千塊錢才擱得平！」「你敲詐嗦？」王經理把眼睛瞪得像銅錢，「明明是二十多歲，怎麼變成了幼女？」老闆娘仍然不緊不慢地說：「王經理，縣政府有文件規定，每個人都降十歲。你說，二十二歲的姑娘減十歲是多少？不拿錢可以，我請派出所來解決。」一提派出所，王經理如六月的黃瓜秧，一下子蔫了。因為喝酒滋事前天才從派出所出來，難道還想「二進宮」？王經理只得乖乖交了一千元錢，無奈地走了。

最無奈的要算英才幼稚園小班的劉老師。這幾天，劉老師正教孩子們認「0—10」的數字。今天一上課，一個孩子就問劉老師：「老師，我爸爸說從今天起，他才十五歲，我媽媽才十四歲，那我該多少歲！」這一問，讓劉老師想起了縣政府文件的事情。她便不假思索地說：「你今年三歲，普降十歲後，應該是『十七』歲。」其他孩子一聽，也紛紛舉手，讓老師算一算自己的年齡。結果，全班孩子的年齡一下子變成了負數。為了讓孩子們重新記住自己的年齡，劉老師不得不停下課程，教孩子們記歲數。然而，一堂課下來，劉老師教得滿頭大汗，孩子們卻聽得滿頭霧水。沒辦法，劉老師只得可憐巴巴地去找園長。

最可憐的應該是環衛隊那些「四十五十」人員。前些年因廠子破產下了崗，這幾年好不容易沾政策的光又重新上了崗，當上了城市保潔員，有了掙飯碗的職業。可今天「普降十歲」的檔一出，她們中的多數人員一下子成了「青年一代」，不能再享受「四十五十」人員的優惠政策，只得又下崗。俗話說：狗急了還跳牆。這些無文憑、無技術、無本錢的人員一怒之下搭車來到省城，將「普降十歲」的文件遞到了省政府。

省政府領導大吃一驚，連忙給S縣縣委書記、縣長打電話，要求他們立即趕回S縣，向老百姓作個交代。縣委書記、縣長也剛接到縣上的報告，都吃驚不小，連忙坐飛機趕了回來，連夜成立專案組清查文件的真相。

原來，所謂「普降十歲」是一個三十多歲的「剩女」為引起人們關注她而惡搞的幽默創意。

別打破電話

老張在臨街面租了間小門市，賣些小雜貨，兼營公用電話，賺些零碎錢。

一天傍晚，老張正要關門，突然來了一高一矮兩個年輕人。老張剛向他們點頭致意，高個子就拿起電話話筒，「啪啪啪」很熟練地撥了一串數字。「喂，我是小高，找我老婆接電話！」高個子一口東北腔，幾個字一蹦出，就把話筒擱置一旁，和矮個子說笑起來。

等了一會兒，還是沒有人來接電話。老張有些著急：「年、年輕人，長途電話費貴，是不是……」「這個我知道！」高個子扭過頭，盯著老張說道。

老張不敢再搭腔，坐到一邊去。

高個子和矮個子又說笑了一會兒。見沒人來接電話，高個子「叭」地擱上話筒，轉身就要和矮個子離開。

「別忙，你們還沒付話費呢。」老張連忙叫住他們。

「咋啦，沒有通話也要交話費？」高個子向老張瞪著眼道。問「你這個破電話，想敲詐嗦！」高個子撈了撈衣服，手機掛在腰間，一把匕首也約隱約現。

老張知道他們是故意欺他，但自己隻身他鄉，且勢單力薄，不敢再言語，只能眼睜睜看著高個子和矮個子快速離去。

突然，老張抓起話筒，按了一下「重撥」鍵：「趕快找小高的老婆接電話……哦，是兄弟媳婦啊，我是小高的同事，小高在外面犯了事兒，剛才被警察帶走了，你快點來一趟！」說完，正要掛電話，老張連忙又補充了兩句：「別再打電話了，他的手機是個破電話，又被警察沒收了，不能打。你來就坐飛機吧，這段時間飛機票打三折，不算貴！」

讓座

風夾雪雨，呼呼作響。張老漢背著背簍，勾著腰剛到公路邊站定，一輛客車就「哧」地一聲喘著粗氣在他面前停下來。車門一開，張老漢便背著背簍往裡鑽。

車內還剩後排一個位置。張老漢一上車，售票員幫著他把背簍卸下來，擱在過道邊，客車就搖晃兩下，向前開去。

張老漢雙手穩住背簍，抬頭望了一眼後排那個空位，有些猶豫。售票員說：「老大爺，你去後面坐著吧，我替你看著東西。」

張老漢依然弓著腰，對售票員笑著說：「不啦，大妹子，背簍裡有雞蛋，我怕它倒了。」

正說著，旁邊一個年輕人站了起來，對張老漢說：「老人家，你坐我的。」

張老漢抬頭看了他一眼，連忙笑著說：「不啦，小伙子，我還是站著好。」

「老人家，別客氣啦，像你這樣站到城裡，不腰酸背痛才怪。」年輕人邊說邊站到過道上，準備往後排走去。

「不不不，年輕人，我不坐。」張老漢突然著急起來。

售票員見狀，笑著對張老漢說：「老大爺，人家好心讓座給你，你就坐吧。」

「對頭，年輕人學雷鋒讓你，你就坐吧！」車裡旅客也跟著叫了起來。

張老漢這一下慌了，連忙說：「不不不，我不能坐啊！」

「為啥不能坐？」售票員吃驚地問。

張老漢苦著臉說：「大妹子，你不曉得，前次我從城裡回去，坐了一個年輕人讓的座。結果，我的兩片屁股先癢後爛，花了一頭肥豬錢的醫藥費啊！」

「啊？！」滿車的人倒吸一口涼氣。

請讓我當光棍

貧窮的陸坡村有一戶更窮的人家，家裡只有兩個人。母親年紀大了，耳聾眼花還有間歇性精神病。兒子長得又黑又矮，小名油團，五十掛零了還是光棍一條。母子倆住在兩間土牆房裡，地面坑窪不平。油團沒有娶親也有些緣由。早年其父死得早，家裡窮，母親還得了精神病，哪個姑娘肯上門？後來油團歲數大了，又無一技之長，家裡仍然窮，連結過幾次婚的婦女也看不上他了。就在油團焦慮不堪的時候，老母親又精神病復發出走，死在他鄉。油團就更加孤苦伶仃。

縣裡召開扶貧會議，要求各地調查摸底，找出一戶最貧困的落實給縣上的領導對口扶貧。陸坡村召開村民代表會決定貧困人選，參會的村民代表們不約而同地推薦油團。油團名字報到縣裡，一個副縣長很快來到他家訪貧問苦。沒等領導開口，油團就訴起苦來：「家裡除了幾顆糧食，連買鹽的錢也沒有！」話沒說完，竟淚流滿面。見此情景，副縣長掏出兩百元錢放到油團手裡，隨後對陪同前來的人要求：「儘快拿出該同志的脫貧方案。」不久，副縣長又來陸坡村，親自將兩頭仔豬、五十隻小雞送到油團家裡，陪同而來的民政局領導還送上了三百元錢幫助整個豬圈雞舍。油團激動得熱淚盈眶，臨走時，將副縣長一行一直送到村口。

油團從此振作起精神，每天起早摸黑，一邊侍弄地裡的莊稼，一邊精心餵養雞豬，日子漸漸好起來。臨近年底，油團賣掉兩頭肥豬剛回到家，副縣長再次來了。他詢問了油團的生產生活情況，還親手為油團穿上剛買的衣服，滿意地說：「老兄，好好幹，好日子快來了。今後我們就是親戚了，有啥事就找我。」油團點點頭，又一次激動得熱淚盈眶。

圍觀的村民看著副縣長和油團的親熱勁兒，看著油團穿上的新裝，心裡頓生羨慕。男人們還禁不住想道：「讓我也當光棍該多好！」

張酒罐的家事

張酒罐就是張大伯，會煮酒，會喝酒，人稱「爛酒罐」。

自從農村實行了包產到戶，張酒罐見家家戶戶有了餘糧，便在村東頭一塊荒地上建起了酒廠，煮酒，賣酒，生意紅火。

張酒罐早年喪妻，留下一雙兒女。兩個孩子長到七、八歲時，學校老師來了好幾回，要求張酒罐送孩子上學，張酒罐把頭搖得撥浪鼓似的說：「不行不行，讀書不好做生意我人手緊缺呢！」

就這樣，一雙兒女便鞍前馬後地跟著張酒罐，在酒廠裡轉來轉去，張酒罐的腰包也一天天脹鼓起來。

一晃十幾年過去了，張酒罐老了，就想把酒廠交給他的兒女們經營，可兒女們字不能認，帳不會算，怎麼行呢？張酒罐想了想，便放出話來：「哪個能給我張酒罐換個高中文化的兒媳賞五千元，找個大學文化的女婿賞一萬元。

俗話說：樹起招兵旗，自有吃糧人。沒多久，兩個媒人一前一後領著一個青年一個姑娘就登門了。張酒罐看了看畢業證書，便點頭說：「行啦，請他們馬上住到我家來。」

第二天，張酒罐的家裡便多了一男一女。男的是他的女婿，女是的他兒媳。張酒罐把他們叫到跟前，吩咐了酒廠的事，便上街坐酒館去了。

從此，女婿、兒媳每天天不亮就起床，和張酒罐的兒子、女兒一起煮酒、賣酒，把酒廠經營得井井有條，生意興旺。張酒罐也每天高興地上酒館喝酒、聊天。

一天傍晚，張酒罐醉醺醺回到酒廠，看見兒子和女兒呆呆地坐在酒廠門口，屋裡一片黑。便問：「怎麼不開燈呢？」兒子女兒「哇」地了起來，說道：「他們兩個一起跑了！」

「啊！」張酒罐一下子跌坐在地上，醉意全無。

尷尬招聘

近段時間，濱海紡織公司遭遇了前所未有的「用工荒」。一連十多天，公司天天在電視臺和報紙打廣告，招聘傳單也發出去好幾摞，然而應聘者寥寥。這不，都星期天了，劉總還在辦公室為招聘的事急得坐立不安。他除了急公司缺員工遲遲不能開足馬力生產外，更重要的還為身邊缺了一名助手而著急。年前，劉總的助理回家探親，誰知被內地一家紡織企業挖去，不回來了。生意場上，沒有年輕美貌的女助理就等於沒有面子、缺了一隻手啊！眼看與外國一家服裝銷售公司的談判日期越來越近，劉總心急如焚。

劉總時而在辦公室抽著煙踱來踱去，時而坐下來看看電腦翻翻報紙。突然，他眼睛一亮，被晚報上的一條求職資訊吸引住了，只見上面寫著：某女，二十五歲，某藝術學院本科畢業，求公關職員、總經理助理等職……在這則簡短的資訊左邊，還有一張相貌端莊、氣質不凡的女孩生活照片。

天助我也！劉總連忙抓起桌上的電話，給求職女孩打了過去，約她馬上到公司見面。

很快，女孩如約而至。一走進劉總的辦公室，她就禮貌地像背書一樣背了一通自己的簡歷，接著有條不紊地從挎包裡取出畢業證、身份證、獲獎證之類的東西，恭恭敬敬放到劉總面前。

然而，劉總看也沒看女孩的證件，直盯著她：「你真的是報紙上的那個求職者嗎？」

「是呀，怎麼啦？」女孩也抬起頭來，驚奇地看著劉總。

「那報紙上的照片怎麼不像你呢？」劉總問道。

「什麼？我沒有給報社照片啊！」女孩更加驚奇。

「沒有？你看看，你看看。」劉總抓過報紙，重重地放到女孩面前。

女孩拿起報紙一看，很快又放回劉總面前，「撲哧」一笑，說道：「老總，你也太粗心了，看來得儘快找一個像我這樣細心的人給你當助手啦。」

「怎麼啦？」劉總拿起報紙，問道。

「你看看。」女孩湊近身來，用纖纖手指點了點報紙上的那張照片。

劉總仔細一看，原來照片右下角還有一行字被漏看了，上面寫著：本圖片與內容無關。

劉總抬起頭來，看著女孩，尷尬地笑了笑。

電話鈴聲響了

辦公室，電話鈴聲響了：「叮鈴鈴……」

可誰也沒有去接電話，也沒有誰準備去接電話。

「叮鈴鈴……」電話鈴聲響著。

小王想道：「每次都是我去接電話，這次總該你們接吧。」

電話鈴聲繼續響著：「叮鈴鈴……」

小李想道：「我這兒離電話機最遠，難道你們靠近的不接，等我遠的去接嗎？」

「叮鈴鈴……」電話鈴聲仍在響著。

小劉想道：「我是辦公室主任，我不能去接！」

「叮鈴鈴……」

「……叮鈴鈴」

室內充斥著電話鈴聲。

坐在門邊屋角裡的老張說道：「把電話機遞過來。」

於是，小王拿電話遞給了小李，小李遞給了小劉，小劉遞給了老張。
老張拿起話筒：「喂……，哦！你撥錯了號碼。」
然後擱下話筒，交給小劉，說道：「把電話機再傳回去！」……

電腦丟了

早上八點鐘，小張推門走進辦公室，突然發現裡面有些空蕩。
小張一掃視，頭上立刻起了雞皮疙瘩：媽呀，電腦丟了！
檢查完門框，有撬動的痕跡。小張立即掏出手機，報告了辦公室劉主任。
劉主任聽罷電話，趕到辦公室，又撥通了李副局長的電話。
李副局長在電話中喊道：「趕快報警！我馬上向賈局長報告！」
賈局長接到電話，連忙叫道：「不能報警，不能報警，我這就來處理！」
不一會兒，賈局長趕到辦公室，氣喘吁吁地說：「你們差點兒壞大事了！」
「咋啦？」李副局長、劉主任、小張驚異地望著賈局長。
「電腦丟了可以再買，要是公安來了，我們的社會治安綜合治理先進單位的牌子丟了，能買回來嗎？」賈局長嚴肅地問道。

賊娃張三

張三父母早亡，又懶惰成性，為求生計，就手腳不老實，經常小偷小摸。街坊們見了他，如飯裡的老鼠屎，噁心得很。

為此，張三在整條街上沒有朋友，更沒有親人。

忽一日，街有傳聞：政府大院某長家裡被盜，丟失現金若干。

「肯定是張三幹的！」街坊們憤然。

然而，張三不但沒有躲藏起來，還在政府大院門外貼一告示：此竊為張三所為。

更奇的是，此後，張三依舊在街上晃悠。街坊們還時不時看到一些挾著公事包的領導來到張三的破屋門前，和張三稱兄道弟，悄悄塞些鈔票。

街坊們議論紛紛，堵住張三問：「咋和當官的攀上親的？」

「哪是我去攀他們，是他們主動來攀我哩！」話一出口，街坊們眼睛瞪得比銅錢還大。

「不信？我告訴你們吧，那些當官的是怕我一旦偷了他家，還在外面宣揚他的存摺上鉅款數額，被紀委嗅著啦！」

街坊們嘩然。

膽

王五採購貨物，星夜歸村。路過僻地，見前面站著一人影。

人影叫道：「站住，把東西放下。」接著聽到刀子碰撞的聲音。

王五鼻息「哼」了一下，扛起麻袋徑直朝人影走去。

人影再次叫道：「站住，把東西放下，不然我就要動刀子啦！」接著又是幾聲刀子的碰撞聲。

王五沒有理睬，仍舊朝人影快步走去。

走近，王五借著月光，用雙眼瞪著人影，身子向他逼過去。

人影嚇得後退幾步，轉身跑了。

走著走著，路過亂墳崗，王五忽然感覺身後有一隻手搭在肩上。

王五扭頭一看：媽呀，是一個披頭散髮的女鬼。

王五嚇得手一軟，丟下麻袋沒命地跑。

女鬼嘿嘿一笑，不慌不忙扛起麻袋就走。
這時，一個人影從路邊鑽出來，站在女鬼面前說：「老婆，你真行。」

幸福

喬路過人民公園，又看見一個滿頭花白的老人坐在長長的石凳上，拿著鳥食餵鴿子。

喬走過去，好奇地問：「老人家，你天天都坐在這裡呀？」

老人抬頭看看他，又低頭專注地撒著鳥食。

「他天天都來這裡，有時天黑了還不走。」賣鳥食的攤主唉口氣，搖搖頭。

喬於是天天有意無意地來到人民公園。他想和老人談談話。

「老人家，你為啥不待在家裡？」喬也捧著一把鳥食，邊餵鴿子邊問老人。

好半天，老人終於開口了：「多餵餵它們，它們會和你親近的。」

老人手一揚，隨著幾粒鳥食脫手，兩隻鴿子就撲撲地飛過來，站在老人的肩上。

老人撫摸著鴿子的羽毛，像撫摸小孩兒的頭一樣，舒心地笑了。

「老人家，我還是想問你，你為啥天天總來這裡，不待在家裡？」喬像捧著一件精緻的器物，看著老人，小心地問道。

「都一樣。」老人皺皺眉角，若無其事地答道。

一天，天下雨了。望著窗外，聽著雨打涼棚的聲音，喬很自然地想到了老人。

喬就撐著雨傘，又拿了一把雨傘，走出門去。

離公園不遠，喬看見一群人圍在馬路邊。

喬奔過去，邊往裡探頭邊問：「出啥事了？」

「出車禍了，一個老頭兒被撞了。真可憐，在家門口就被撞了！」有個婦女說道。

喬一愣，邊撥開人群邊叫道：「讓一讓，讓一讓。」他想看看倒在血泊中的是不是老人。

這時，從人群側面擠進一個年輕女人。年輕女人驚慌地丟下手中的傘，蹲下身扶起老人的頭，哭喊著：「爸爸，爸爸！」

喬一看，果然是老人。他蹲下身，拉著老人的手。老人手裡攥著一把鳥食。

老人慢慢地睜開眼，看了看喬，微笑了一下，然後看著年輕女人，平靜地說：「孩子，我總想給你幸福，但我人老了，沒有辦法。我這一死，你們就不會為我吵架了。這……這就算我給你的一個……幸福吧！」

老人說完，頭一歪，閉上了眼睛。

年輕女人抱著老人的頭，嚎啕大哭：「爸……」

喬忍不住，也淚流滿面。

牆上有個攝像頭

老劉六十多歲了，卻有個壞毛病，那就是喜歡揀小便宜。那天晚上八點多，老劉回社區，剛要上樓，他借著路燈光，看見路邊有一輛自行車，車籃裡放著一個黑色的塑膠袋，走進打開一看，是一包水果。一定是哪個人忘記拿走了。老劉瞅瞅四下無人，就若無其事地提回了家。

第二天中午，老劉從外面回來，無意中抬頭一望，這一望不要緊，他的心一下子提到了嗓子眼兒，不知何時，牆上竟然安著一個攝像頭！這可怎麼辦？昨天晚上做的事一定被攝像頭拍了下來。萬一被人知道了，我豈不是身敗名裂？老劉是既擔心又懊惱。怪不得剛才值班的保安小劉對我的表情和平時不大一樣。這小子一定是看見我做那事了。老劉越想越害怕。

老劉畢竟是在世上過了大半輩子的人，懂得人情世故。於是他回家取了錢，連忙來到值班室，正巧碰見小劉從屋裡出來。

「兄弟，幹啥去？」老劉笑呵呵地問。

「哦，是大哥啊，我交班回家了。」小劉依舊笑眯眯的。

「走，今天哥請你吃飯！」老劉仍笑呵呵地說。

「啊，不不不，我怎麼能讓您請我吃飯呢？」小劉又搖頭又擺手。

「你天天上班這麼辛苦，負責我們的安全，哥請你吃頓飯，那是應該的！」就在說話的時候，老劉攔了一輛計程車，連拉帶拽把小劉弄上了車。

到了富豪大酒店，服務員拿來功能表，老劉看了看，菜的價格都很高，他心疼得要命。可有啥辦法？自己的把柄在人家手裡攥著呢！老劉一咬牙，不僅點了滿滿一桌子菜，還要了一瓶「五糧液」。

老劉忙不迭地給小劉倒酒夾菜，小劉也不客氣。酒足飯飽之際，老劉看時機已到，就說：「兄弟啊，哥今天有個事想問你呀！」

「哥，你說！有啥事你儘管說！」小劉爽快地答道。

「今天早上，你從監控器裡看見社區裡有情況沒有？」老劉小心翼翼地問道。

「沒有！」小劉又爽快地答道。

老劉一聽，心裡更急：「真沒有？兄弟，哥都六七十歲了，臉皮可以不要，可兒孫們要啊！你要留情面呀。」

「哎喲，大哥！」小劉被問急了，搖晃著站了起來，「牆上的那個攝像頭被樹枝遮住了，我今天才把它清理出來。我確實啥也沒看見！」

老劉一下子愣了，手裡的酒杯「啪」地掉在地上。

第三輯　官場素描

找貓

化肥公司胡總經理正在公司裡物色一名工人作供銷科科長。經過嚴格的筆試、面試和口試，青工小張、小王和小李一路過五關斬六將，順利地入了圍。

這天上午，胡總經理在辦公室裡權衡著小張、小王和小李的優缺點，正為不知定誰作供銷科長而一籌莫展時，電話鈴聲響了。胡總經理拿起話筒，是妻子打來的，告訴他家裡餵養的那隻貓突然不見了。胡總經理剛要發話安排家人出門找尋，馬上轉念一想：這難道不是一道天賜的考題嗎？於是，便叫助理通知小張、小王和小李到辦公室來一趟。

小張、小王和小李趕到辦公室，聽完胡總經理的吩咐，立即各奔東西，執行找貓任務去了。

下午，小張首先來到總經理辦公室，雙手捧給胡總經理一隻貓，說是費了好大功夫在廠區裡找到的。

不一會兒，小王也抱著一隻貓來見胡總經理，說是在廠區外找到的。

快到下班時間了，小李才一身疲倦、滿面愁容地來到辦公室，空著手對胡總經理說：「總經理，我走遍了廠裡廠外，沒有見到你家丟失的那隻貓！」

第二天是雙休日。一大早，胡總經理便把小張、小王叫到辦公室，從牆角的大紙箱裡取出兩隻貓，一一交給他們，說道：「你們送來的貓都不是我家丟失的那隻貓。」接著，嚴肅地說：「幹供銷工作，不僅需要精明的頭腦，更應該具有誠實的心靈！」小張和小王頓時滿臉通紅，羞愧而去。

看來，供銷科科長非小李莫屬了！胡總經理整理了一下衣服，挾著公事包，走出辦公室大步而去。他要親自到小李家裡去下達「任職通知」。

小李不在家。胡總經理正高聲向小李有些耳背的老母親打聽小李的去向時，忽然從牆角裡鑽出一隻被繩索套著的貓，望著他「喵嗚」一聲長叫。胡總經理定睛一看，心裡猛地一驚：「怎麼這隻貓和我家丟失的那隻貓長得一模一樣？！」

雞冠書記

有個幹部在仕途上摸爬滾打了二十多年，當上了某局機關支部書記，此後突然間喜歡吃，並且特別鍾情雞冠子。無論開會吃工作餐，下鄉吃便餐，他都要點上一道「雞冠」，不管是水煮的、鹽滷的、油炸的，還是紅燒的，均可一一拿來，然後一隻隻吃掉。

於是，久而久之，局裡人就背地裡「賜」給他一個綽號：「雞冠書記」。雞冠書記的稱謂，從局裡傳到局外，又從局外傳進了書記耳朵。誰知書記不惱不火，嘿嘿笑道：「雞冠有什麼不好，雞冠乃雞頭之首，是至高無上的象徵。雞冠書記，含義深刻，好，好，好！」

前不久，局機關召開黨風廉政工作總結會，雞冠書記作主題講話。講著講著，雞冠書記突然住口，抬腕看了看錶，說：「哦，快十二點了，該吃飯了，請大家到機關食堂吃頓便餐。」

很快，食堂氣氛熱鬧起來。推杯把盞聲、猜拳行令聲，笑語喧嘩。

這時，有幾個人扛著攝像機走進了食堂。走在前面的一個瘦高小伙子朗聲問道：「已經快下午三點鐘了，你們怎麼還在這裡吃飯？」

雞冠書記回頭一望，瞪著來人說：「你們電視臺閒事也管得太寬了，我們機關黨風廉政會，吃頓便餐又何妨？」

瘦高小伙子又朗聲說道，聲音幾分嚴肅：「我們是紀委暗訪組的，下午三點鐘了還在食堂喝酒猜拳，你說何妨不何妨？！」

雞冠書記嘴裡含著雞冠，來不及吞嚥就一下癱軟在椅子上了。

總經理與女秘書

剛從模特學校畢業的麗麗一路過關斬將，終於順利地招聘到天宇公司當總經理秘書。上班第一天，有些禿頂的總經理剛在老闆椅上坐定，麗麗就捧著一杯熱氣騰騰的香茶走了進來。

總經理一愣，連忙從寬大的皮椅裡探起身來，麗麗已亭亭玉立站到面前。披肩髮、瓜子臉、柳葉眉、葡萄眼、櫻桃嘴，看得總經理眼睛都綠了。

麗麗正要送上茶水，誰知總經理一把奪過茶杯擱在桌上，一下子把她攬入懷中。

麗麗掙扎著舉起手，想給總經理一耳光。總經理卻一把抓住她的手，嚴肅地說：「這是『潛規則』，懂嗎？否則，滾蛋！」

趁麗麗一猶豫，總經理轉身狠狠地把她壓在身下。

幾個月後的一天，麗麗躺在總經理懷裡，嗲聲道：「老公，我有了。」

「啊？快，快去拿掉！」總經理一驚。

「那怎麼行，這是我們的骨肉。」麗麗站起身，嚴肅地說。

「那怎麼辦呢？」總經理問。

「兩條路由你選擇，要麼離婚和我結婚，要麼給我公司50％的股份。否則，我告你強姦！」麗麗胸有成竹地說。

「這怎麼行呢？」總經理額頭有些微汗。

「怎麼不行，這不也是我們做女秘書的『潛規則』嗎？」麗麗反問道。

總經理啞然。

不該獲獎

我認為，有些獎是不能得的。

去年八月份，酷暑難耐，我們廠裡散熱機卻不出風了，機房裡的溫度一下子升到了四十多度，像在烤麵包。如果散熱機不趕快運轉，機房裡的溫度達到極限，爆炸了，那就出大禍了。由於我們廠是小廠，沒有專業的維修技術人員，廠長急得無法，就立即將我們十幾個工人集了合，然後命令我們一個一個地進機房。前面十來個工人都依次進去又很快出來了，紅黑著臉，全身淌著汗水，像剛從開水裡撈上來的豬。輪到我上陣了，我咕咚咕咚喝了一盆冷水，脫掉背心，穿著短褲衝進機房。我認真查了查整個散熱機，唉，原來散熱機的一片扇葉被一根鋼條卡住了。我立即切斷電源，取下鋼條，然後一合開關，散熱機「呼」地一聲轉開了，一股熱浪噴湧而出。

走出機房，還沒等我擦汗水，廠長就拍著我的肩膀，一個勁兒誇我「能幹，不錯」，接著召開職工大會，表揚我為廠裡挽回了重大損失，鄭重宣佈獎勵我一百塊錢，並當眾為我發了獎。

第二天早晨上班，剛走進車間，幾個工人就纏住我不放，說，老弟，獲了獎就忘了我們啦？不慶祝慶祝？一個同事就導向性地說，這樣吧，老弟的家境不富裕，便宜點，吃個小菜莊。我一咬牙，笑著說，好吧好吧。

小菜莊飯菜實惠，五菜一湯，才八十多塊錢。為了今後的工作，也就是飯碗，一橫心，我又用剩下的十幾塊錢讓大夥兒每人喝了一瓶啤酒。回到廠，快上班了，廠長已背著手站在我們車間門口。我惶惶地站住，勾著頭，只聽廠長厲聲訓道，有點兒功勞就了不起啦，還請客祝賀。你是個大人才，那好，我廠子小，容不下！廠長一邊喝斥，一邊做了個向外揮手的動作，然後就大步離去了。

回到家，我大病似的倒在床上，任眼淚默然長流。妻子撲在我身上拍打著，哭道，你為啥要得獎呀！你不該得這個獎呀！我們家往後怎麼過呀？

我突然撕心裂肺地嚎啕起來……

「酒仙」付局長

有一個副局長，姓付，雖然在經濟部門工作，可由於在班子裡排行老么，管的都是些微不足道的事情。但如果說喝酒，付局長可是局裡當之無愧的老大。無論是到上面跑專案「攻關」，還是迎接上級下來檢查工作，付局長可算是一個舉重輕重的人物。於是，人們都稱他為「酒仙」。

能對得起「酒仙」這個雅號，當然得有喝酒的故事。一次，付局長陪上級領導喝酒，由於感冒了幾天，還沒下席桌就喝多了，於是到廁所想把酒吐出來。付局長剛一離開燈火輝煌的餐廳，來到昏暗的衛生間，眼睛一迷糊，不小心就走進了女廁所。一個女士恰巧在「方便」，見付局長進來，嚇得連忙提著褲子站了起來。付局長見有人忽然站起來，看也不看一眼，大度地搖搖手：「坐倒，坐倒，屁股一抬喝了重來！」送走了上級領導，付局長搖搖晃晃回到家，斜躺在沙發上不停地打嗝。他夫人心想要嘔吐了，趕緊端來痰盂支到他面前。付局長一推，說道：「不行不行，你們耍賴，給我換大杯，我不喝！」說著倒頭就睡。夫人見付局長一時半會兒不吐，就把他拖到床上睡著。半夜時分，夫人起床就著便盆小便，付局長迷迷糊糊聽到稀里嘩啦的水聲，猛地坐起來：「好哇，趁我不注意，偷偷給我倒酒，終於讓我逮住了！」

有了「酒仙」的綽號，付局長更是興致高昂。不管公事私事，不管上級下級，只要是請他喝酒，他就會準時赴宴，喝個痛快。

年末，局裡調整班子。考察組到局裡搞民意測驗，沒想到付局長居然得了全票「優秀」。不久，付局長就當上了局裡的正局長。

路燈

老副局長剛一退下來，位置就被辦公室主任頂替了，留下辦公室主任這把交椅，讓小張、小王、小李三個普通職員盯著。三個職員在局裡工作多年，深知人情世故，都暗地裡拿眼睛瞧著局長。可局長脾氣古怪，三個職員雖費了些心思，也都沒著落。幾番折騰下來，小張、小王和小李不得不盯住局長家門口那盞路燈。

局長住局宿舍五樓，門口那盞路燈一直壞著。小張心想：局長日理萬機，當然沒時間裝燈炮。於是，連忙跑到五金商店，買了一只一百瓦的燈泡為局長安上。誰知沒過幾天，局宿舍樓內幾個長舌婆就嘀咕：局長夫人剛到鄉下探望老母親，她們就看見一個妖豔女子晚上鑽進了局長的家。一時間，這話便在局內傳開了。

小張知道安裝路燈安出禍來了，忙向局長解釋。局長大為惱火，責令他儘快僻謠，並停職反省。

這事兒讓小王偷著樂，他歎道：真是天助我也！於是飛快地跑上局宿舍五樓，搭梯子摘去了小張為局長家安裝的燈泡。

不料第二天，局長就住院了。一打聽，才知道局長過了幾天有路燈的日子，路燈一撤除，他就在家門口扭傷了腳踝。

小王自認倒楣，連忙買上禮品到醫院向局長賠罪。局長氣不打一處來，一手將禮品扔出窗外。

過了不久，局長通知小李到他辦公室去一趟。小張、小王一驚，連忙悄悄尾隨小李來到局長辦公室門外。透過門縫，只聽局長說：「小李啊，感謝你為解決我家的路燈問題，為我買了只手電筒。這樣，我讓你當辦公室主任，好不好？」

小張、小王一聽，一下子驚呆了。

遊戲

星期五下午第三節課是課外活動時間，一年級一班班主任張老師將學生們帶到操場玩遊戲。

張老師把學生們組成一個大圓圈，然後自個兒站到圓心，平舉著一根教棍問孩子們：「同學們，你們看，我們大家構成了一個什麼物體？」同學們異口同聲答道：「時鐘」。「對！我們今天就來玩一個和時鐘數位有關的遊戲。」張老師微笑著說道，「遊戲的規則是，同學們從一開始，依次用數字造句接龍，看誰造得最棒，大家說好不好？」「好！」同學們又齊聲答道。

張老師按遊戲規則向孩子們演示了一遍，遊戲就開始了。她將教棍平舉著指向明明，明明立即造出一句：「我家有一座大房子」。「好！」張老師點點頭，接著將教棍指向下一個同學蘭蘭。蘭蘭眼睛一眨，也造出一句：「我有兩隻眼睛」。「可以，但沒有新意。」張老師又將教棍指向軍軍，軍軍脫口而出：「我有三個媽媽。」同學們「哄」地笑了。張老師立即說道：「句子通順，但不合情理，每個人只有一個媽媽。」「不對，我確實有三個媽媽，一個媽媽在家裡，爸爸說還有兩個媽媽在外面租房子住。」同學們又笑起來。張老師連忙揮揮教棍，說：「好了好了，我們繼續遊戲。」隨後將教棍指向玲玲。玲玲一向回答問題不積極，只見她撓了撓腦袋，紅著臉說道：「昨天，我爸爸收了四萬塊錢，是一個包工頭送的」。「思想不健康。」張老師皺了皺眉頭，搖搖頭把教棍指向祺祺，祺祺說道：「我們班有五個女生最漂亮，我很喜歡她們。」同學們又「哄」地笑了起來。張老師也抿嘴笑了一下，說道：「愛美之心人皆有之。前半句可以，後半句就不要啦。」話音剛落，班長濛濛立即接龍說道；「老師，我媽媽去年春節花了六……」，「好了好了，遊戲就玩到這裡，大家自由活動。」張老師顯然對同學們的造句不滿意，揮揮教棍解散了學生。孩子們「哄」地跑開了。

張老師連忙將左手上的一枚金手鐲取下來，揣進口袋。她看著在操場上蹦蹦跳跳的濛濛，苦笑了一下，心裡歎道：真沒想到，這個遊戲太險了。

金手鐲是濛濛的媽媽為了能讓濛濛當上班幹部，花六千塊錢為張老師買的。

狗不讓道

陽春三月的一天晌午，鄉幹部在村幹部和村民代表的陪同下，深入田間地頭檢查完春耕生產，準備回村吃午飯。三人剛走到村口，就見一條大黃狗蹲在路中間，瞪著眼向鄉幹部一行吠叫，鄉幹部見過不去路，就遠遠地指使村幹部和村民代表把狗攆走。村幹部和村民代表自恃是本地人，輕蔑地看了狗一眼，斥道：「滾開，我們是檢查工作的」。哪知大黃狗不但不讓路，而且吠叫得更厲害，心裡罵道：「你以為你是幹部就不得了啦，檢不檢查工作關我屁事，老子就不讓，看你怎麼辦！」鄉幹部見來「軟」的不行，便撿來一塊石頭，擲向大黃狗。這下可把大黃狗惹火了，它身子一偏，躲過飛來的石頭，然後「汪」地一聲向人們撲來，把鄉幹部一行嚇得屁滾尿流，一溜煙退出老遠。

可進村僅此一條路，除了把狗支走，別無他法。三人和狗僵持了一會兒，村民代表就笑嘻嘻地向前走了幾步，對狗說：「小狗狗兒呢，我是村民代表，也是一個泥水匠，你給我們讓了路，我免費給你修個磚混結構的狗窩，怎麼樣？」哪知，大黃狗只瞟了他一眼，仍坐在路中間一動不動，它心裡說道：「呸，磚混結構的狗窩有啥稀罕？要知道老子睡的地方比你家的床鋪還舒適。」

村民代表見沒勸走大黃狗，氣得面紅耳赤。村幹部笑道：「看我的，小菜一碟」。便提了提衣領，背著雙手向前踱了幾步，對狗說：「黃狗兒，我以一個村幹部身份向你保證，如果你給我們讓了路，我就把你家主要的稅費減免了。」誰知，大黃狗連看也不看他一眼，只把頭搖了搖，仍然坐在路中央一動不動。它心裡說道：「呸，想誆我嗦。哪個不曉得每年減免政策一下來，名額就給你們幾個村社幹部霸佔了？」

村幹部也沒勸走大黃狗，也紅著臉退了下來。鄉幹部本來天生就怕狗，可到了這份上，也只好硬著頭皮向前挪了幾步，穩了穩情緒說：「小狗，請你讓路，我一個堂堂的國家幹部，向你求情，是看得起你。如果你讓了路，我保證向上級黨委、政府舉薦，讓你來世也當鄉幹部。」不料，鄉幹部的話剛一說完，大黃狗就「汪」地叫喚一聲，扭頭跑開了。它一邊跑還一邊叫道：「媽呀，千萬不要讓我當鄉幹部呀，你們那種條件艱苦、生活清苦、工作辛苦的日子我沒法過呀。」

鄉幹部見狗跑開了，立即喜形於色，催促道：「快走！快走！」便和村幹部、村民代表一道大步流星地向村子走去。

公章問題

年關剛過，鳳凰村的村主任南下打工去了。鄉政府安排村組織選舉。結果，水生當選。水生當了村主任，那高興勁兒就甭提了。想想祖宗八輩都是面朝黃土背朝天，沒人當過「官」。當夜，水生興奮得摟著老婆一宿沒睡安穩。

第二天一大早，水生還在床上把玩著公章，就有人來「咚咚」敲門，水生支老婆去開門。門剛「嘎」地一聲打開，就聽老婆說：「喲，是二叔呀，有啥事？」

來人說：「我來找水生蓋章！」

水生在老婆的催促聲中起了床，來到外屋，在方桌邊正襟危坐。來人連忙湊過來，畢恭畢敬地遞上一盒煙，然後又遞上一支，幫水生打上火：「水生村長，我想批點房基地建一間房子。」說著，掏出一張申請書來。

「行！」水生爽快地拿出公章，潤上印泥，在申請書上蓋上了村委會大印。

來人千恩萬謝而去，水生得意極了。

此後，凡有人來求水生蓋章，只要事由是正當的，水生都爽快地辦了。

可漸漸地，蓋章也麻煩人。有時在田間幹活，有人要蓋章。有時在鄰村打點小麻將，有人要蓋章。更可氣的是，半夜三更水生正摟著老婆親熱得起勁時，有人又「咚咚」敲門要蓋章。鄉鄰鄉親的，不蓋不好吧，況且這也是村主任的義務。水生雖老大不高興，但不得不起床蓋上村委會的大印了事。如此幾番，時間一長，水生感到公章是一個累贅。他突然想出一個辦法，將村委會的公章用鬆緊帶一繫，吊在門口。

以後，只要有人來蓋章，水生便說：「門口上掛著的，要蓋章自個兒蓋去！」可過了不長時間，公章不翼而飛了，聽說有人拿去幹了違法的勾當。

水生自然受到了處分，村主任職務也被依法罷免，鄉幹部又到村裡搞選舉，木根當上了村主任，一枚嶄新的村委會公章便交到了木根手裡。木根怕生事端，把公章領回家就一把鎖鎖在衣櫃裡。」

第二天，木根的父親來找木根蓋章，嘮了半天，煙抽了好幾支，木根就是不拿出公章來為父親蓋章。

木根的父親火了：「木根，你當了官就擺架子啦！是不是也要老子給你送禮？」

木根連忙賠不是：「爹，你說哪裡去了，我這個公章確實不能蓋。」

木根的父親揚著申請書說：「我的申請是符合政策的，為啥不能蓋？」

木根說：「我雖然當了村主任，但公章不能蓋。你想一想，水生是咋犯錯誤的？」

木根的父親氣得抓起申請書撕得粉碎，耳青面黑地走了。

從此，凡村民們要求蓋章的，任憑你是磨破嘴皮子，還是送禮，木根就是一句話，兩個字：「不蓋」。

村民們把事情向鄉上反映了，就收回公章，依法免了他的職。

鄉幹部又來到村裡組織選舉，有林被選為村主任。然而，有林不願當。

鄉幹部急了：「有林同志，你幹也得幹，不幹也得幹，選舉不是兒戲！」

有林也急了：「要我當可以，公章你們拿去管著，我不要！」

鄉幹部愣了。

一隻有思維的貓

入夜，我變成了一隻貓，一隻有思維的貓。

我威風地跑了出去。我要去看看局長的家。雖然在局裡待了十多年，但局長的家我一次也沒去過，聽說富麗堂皇得很。

我僕僕地跑在街上，風從身邊呼呼吹過。來到局長家，房門虛掩著，我悄沒聲溜了進去，一個年輕美貌的女人在沙發上看電視。

這是誰？我咋不認識？

突然，女人看見我，驚喜萬分，彎腰就來抓我。我躲了躲身子躲開了。年輕女子連忙叫道：「老公，快來。」局長很快挺著啤酒肚走出來，看到我，連忙叫道：「快，快，快趕出去！」

咋啦？認出我來啦？我一驚。

「好乖的貓咪，我要！」年輕女人嗲道。「不行，來狗進財，來貓蝕財，快到年關了，你不是想我還為你掙副金腳鏈嗎？」局長說著，一下抓起我，扔出了門外。

「喵嗚！」我大叫一聲。正要藉機逃走，一個聲音在我耳邊掠過：別怕，你是貓，看他咋辦？於是，我身子一弓，幾下就爬到局長家的窗臺上，「喵嗚喵嗚」地叫著。

透過玻窗，只見局長和年輕女人在脫衣服。他們同居？！看著他們身上的衣服越來越少，怎麼辦？不能讓他們得逞！我使勁「喵嗚喵嗚」地長叫著。

局長聽到我的嚎叫聲，一下子沒了興致，氣得衝到窗前，猛地推開玻璃窗。「啪」的一聲，我被玻窗撞個正著，頓時，我四腳懸空，向樓下摔去。我「啊」地一聲叫道：「你個道德敗壞、貪污受賄的局長，我做鬼也不會放過你！」

「深更半夜嚎啥？」我被人猛地一推，猛然驚醒。躺在身邊的妻子看著我：「咋啦？吃不到葡萄就說葡萄酸啦？自己沒當上局長，別在夢裡罵人家！」

誤會

午餐後，肉聯廠吳廠長把前來搞年終檢查的食品公司經理一行送出廠大門，送上小車剛走，轉向正欲回廠，突然臉色脹紅，雙手緊捂腹部蹲下身去……

這時，辦公室張主任發現了吳廠長，連忙飛跑下樓，一面尖叫著一面直奔吳廠長而去。

喊聲驚動了辦公室人員小劉，他不由分說也衝出室外。

兩人撐的撐腰，抱的抱頭，扶住吳廠長。眼見吳廠長痛苦得說不出話來，張主任嚷道，「快叫小李！」

小李是廠裡的汽車運輸司機，聽到呼喊，他連忙丟掉手中的飯碗，直奔停車場。

這是輛運輸生豬的車，沒有座椅和車篷。三人七手八腳把吳廠長抬上車，小劉只得單跪著腳半蹲著雙手托起吳廠長的後腰，張主任只得背靠住車扶攔蹲著用雙膝和雙手托起吳廠長的肩和頭。

小李一步跳上駕駛室，大轟油門，汽車飛似的駛出廠區。

汽車駛出廠區不遠，平穩地賓士在去縣醫院的水泥路上。這時，張主任舒了口氣，想道：天賜良機，這回救了吳廠長，明年準能坐上副廠長的交椅。

這時，小劉眯縫著眼，也想道：辦公室主任非我莫屬了！

這時，小李有意識地鳴了下喇叭，輕聲自語道：「年終先進又有我的份兒了！」

不一會兒，吳廠長緩過氣來，神色好轉了許多。他睜開眼睛對張主任輕聲說：「我，我要解手。」

在張主任的狂叫聲中，汽車立即剎住，未等小劉和張主任用力攙扶，吳廠長便翻身而起，一步跳下車來，直往公路邊一間茅廁奔去。

吳廠長解完手回來，硬不讓張主任三人攙扶。他一步跳上副駕駛室，說：「走，我們回廠去！」

「怎麼了，吳廠長您……」張主任三人傻愣著。

「哦！」吳廠長恍然大悟，接著笑哈哈地說：「我這幾天便秘，解大便前有些痛苦，回去吃點藥就行。你們完全誤會了！」

張主任、小劉和小李相視一會兒，不自在地笑笑，各自爬上車來。

汽車飛也似的駛向廠區，留下車後黑煙瀰漫……

主任今天不高興

一大早，主持工作的辦公室副主任就不高興，這使小李感到不安。

聽說過幾天副主任就要升任主任，下屬各股室也要進行調整，所有工作人員都要重新競爭上崗。股室裡好幾個同事都跑去副主任家裡走動，聯絡「感情」。小李性格內向，不愛說話，一想到給領導送禮就犯愁。可看到別人千方百計跟領導套近乎，他心裡又急又惱，一時拿不定主意。難道主任為這事對自己不滿？小李一見領導不高興，心裡就如吊桶打水。

這時，小李看到老王從副主任辦公室出來，頓時眼睛一亮，把老王拉到僻靜處，吞吞吐吐地問：「主、主任在辦公室很忙吧？你看他現在的心情怎麼樣？」老王疑惑地看著小李，問：「你是不是有事要找他？今天他好像不太高興，心神不寧的樣子，我勸你別去找他！」

這樣忐忑不安地過了大半天，小李見副主任一直不出門，心裡更加不安起來。這事兒被老王看在眼裡，他突然走過來，對小李說：「這是主任向我要的一份材料，你幫我給他送去吧！」小李一頓，很快明白了老王的意思，連忙把材料接過來，點了點頭。

小李小心地拿著材料向副主任辦公室走去。快到時，迎頭碰到秘書小劉。看到小李去給副主任送材料，小劉低聲說：「主任今天心情不好，你說話時要注意分寸！」說完轉身就要離開。小李趕緊把小劉拉住，吞吞吐吐地問：「主任今天為啥不高興呀？」

小劉左右一瞅，沒人，然後湊近小李耳邊：「也沒什麼大事，一大早主任到局長辦公室彙報工作，見局長低著頭有些不搭理他，他心裡就一直惴惴不安。其實主任也不知道，局長昨晚喝醉了，精神不太好！」

酒謠

李老頭早年喪妻失子，那年又在村裡修公路負了傷，腿腳不靈便，幹犁田翻地的活兒使不得，生活便有些艱難。他翻來覆去想了好幾年，終於下定決心在村頭搭間棚子，擺個小攤賺些零花錢。於是，他專程到街上，準備買幾瓶酒回家，辦一桌酒菜，請村社幹部們便餐一頓，通融通融一下。

酒菜辦好了，李老頭草草吃罷早飯，在村裡東竄西走半天，好不容易才把村社幹部們一一請到家裡，請上酒桌，然後捧起酒瓶繞著桌子轉上轉下，為領導們倒酒。

這些村社幹部，平時相互碰面又禮貌又客氣，可一坐上酒桌就一反常態，一邊大口吃酒，一邊還漫無邊際地說著葷話互相逗樂。

就這樣吃喝了好幾個小時，五瓶白酒均見了底，桌上的菜所剩無幾了，大家的臉也紅到了耳根。李老頭正準備收拾空酒瓶。這時，村長扭頭一瞅，見牆角還堆放著啤酒，興致又高漲起來。他拍著桌子問：「弟兄們，我們搞一項劃拳喝酒的活動怎麼樣？」幹部們高呼一聲「好！」村長又說道：「那就來點刺激的，誰輸一次，除喝一瓶啤酒、鑽一下桌底外，還要說一句有關酒的民謠！」「好！」幹部們又高呼一聲。

於是，活動開始了。村長對書記，文書對計生專幹，社長對婦女主任……，滿屋子裡「哥倆好呀」、「四季財呀」、「五魁首呀」的喊聲一齊響起來，震得屋頂的煙塵直往下掉。

李老頭從沒見過這樣的場面，被嚇住了，只好退到一邊，眼怔怔地看著領導們劃拳、喝酒，耳朵裡嗡嗡地迴響著他們的「酒謠」——

不一會兒，二十瓶啤酒也見了底，桌上早已杯碗狼藉。村社幹部們一個個起身告辭，搖搖晃晃往外走。李老頭想到搭棚擺攤的事領導們還沒給答覆呢，便急忙追出門來，一把拉住村長的手，吞吞吐吐半天，不料也說出一句「酒謠」：「村長，今天的酒沒喝好，我的事情要記倒。」

村長抬起豬肝色的臉，醉眼朦朧地看著李老頭，嘿嘿一笑，說道：「放……放心，兄弟絕不會怠慢，明天我就給你辦！」

炒菜

張三和李四同在一家工廠的工人食堂當炒菜師傅。張三炒的菜色香味俱佳，很受工人們青睞。而李四炒的菜不是鹹淡不一就是半生不熟，工人們經常和他吵吵鬧鬧。

李四就有事沒事地找張三的岔兒，故意和他鬧矛盾。可張三是個溫和的人，對李四的行為一笑而過，或避而讓之，不理不睬。

李四見找不著岔兒，就悄悄來到張三的師傅老王的家，向老王說盡了張三的壞話。隨後要求老王傳授給他炒菜秘訣，以便打敗張三。

老王聽完李四的狀告和要求，便笑眯眯地把炒菜的秘訣傳授給了李四。

誰知李四把老王的炒菜秘訣拿到食堂一使，結果炒的菜酸不酸臭不臭，還不如以前。

原來，老王深知徒弟張三的為人，知道李四的企圖，便在傳授秘訣時使了假。李四見炒的菜更不如前，氣得咬牙，揮拳就往廠外走。

忽然，他眼珠一轉，接著轉身向廠長辦公室奔去。

第二天清早，廠裡召開食堂員工會議，廠長宣佈：李四下崗！

李四一下子驚呆了，待他回過神來，廠長已經走了。李四來到廠長辦公室，怒氣沖沖地問：「妹夫，你為啥幫助外人整我，讓我下崗？！」

廠長嚴肅地說道：「我這個廠歷來是一個人一個崗，一個崗一堵牆。你做不來食堂炒菜的活兒，不虛心求教卻四處挑撥離間，你不下崗誰下?!」

李四又一下子呆了……

關照

早年喪妻的老王在陡坡中學教了二十多年書，因兒子在鎮高中沒人照顧，就多次找教育局長申請調動。可眼見周圍的一些同事調的調走、升的升官，老王急得如熱鍋裡的螞蟻。

一天，從不沾酒的老王又喝得醉意朦朧。幾個同事送老王回宿舍，都關切地問老王咋整的。老王說：「每次局長都說要『關照關照』，結果成了泡影。」

同事李說：「這年頭沒萬兒八千還想調動工作？他媽的『關照』純粹是放屁！」

「可現在的『潛規則』就是這樣，你又能咋樣呢？」同事張說。

突然，同事趙猛地一拍老王的肩膀：「這怪你不開竅，局長的話說得很明白，『關照關照』，花錢不多，費事不大，你懂嗎？」接著附在老王耳邊嘀咕起來。

第二天，天還沒亮，一口柏木黑漆的大棺材就從老王母親家裡抬出來，在老王的護送下悄悄抬進了局長老家的院子。老王一把抓住局長的手，哭喪著臉：「局長，聽說老爺子快、快……，我來看看他！」

局長抽出一隻手，拍著厚實的棺材蓋，說：「老王，你替我想得真周到哇，我正準備安排人去買呢。這樣吧，你有啥事為難的，我一定關照！」

回家的路上，老王默默地念叨著同事趙說的「關照」與「棺材」，苦笑地搖搖頭：「沒想到這『潛規則』比我教的數學還深奧啊！」

選職業

剛滿五十歲的賈局長因貪污受賄被判死刑。臨執刑時，賈局長喊道：「別忙，我有話要對孩子們說！」

兒子們很快站到面前，賈局長說：「我這輩子花天酒地的日子就要過完了，不知到了那邊是不是還過這日子，那樣我又要短命了！」

兒子們被賈局長的話一噎，無法回答。

「不知那邊啥職業可使我長壽，我想請你們給我斟酌斟酌。」賈局長看著兒子們。

兒子們一下醒悟。

大兒子說：「你到了那邊乾脆不找職業幹，我們為你燒紙錢供你用。」

賈局長搖搖頭，沒同意。

二兒子說：「我們也順便為你燒幾個女僕來，幫你料理料理家庭。」

賈局長氣憤地說道：「你兩個畜生又想害我喲，我這輩子就是栽在金錢和美女上的！」

「那……，你不要金錢，不要家庭，做什麼好呢？」三兒子輕聲念叨。過一會兒，他突然抬起頭，興奮地叫道：「爸爸，我給你選好職業啦！不和金錢作伴，不與女人沾邊，這個職業就是和尚！」

「對，對！那就做和尚！」賈局長點點頭，接著站直身子，被押向刑場。

捅刀子

一大早，縣地礦局賈局長就被電話請到了縣委書記辦公室。縣委書記語重心長地說：「老賈啊，廉政建設不能丟啊！」

賈局長一驚：「怎麼啦？」

「怎麼啦？你現在連這個也聽不懂了？！」縣委書記嚴肅地說道，「有人已經向我舉報你有受賄的嫌疑，我希望你好之為之！」

賈局長頓時啞口無言。

回到辦公室，賈局長「咚」地擂響了桌子，驚得隔壁王副局長趕了過來。看著賈局長鐵青著臉，王副局長心中已明白了八九分。他連忙掩上門，對賈局長說：「牛副局長在背後捅你的刀子，到縣委書記那裡告你的黑狀。」

「是嗎？」賈局長看著王副局長。

「千真萬確！」王副局長低聲答道。

賈局長搖搖頭，微笑著說：「不可能，不可能，牛副局長是我從辦事員一步一步提拔上來的，絕對不可能！」

「我調查了，就是他！」王副局長一本正經地說道。

「好啦好啦，為人要光明磊落，哪能私自調查人、誹謗人？你不要亂造謠，影響團結！」賈局長擺擺手，示意王副局長出門。

此後，賈局長像沒事一樣，仍舊和牛副局長稱兄道弟，經常噓寒問暖，弄得王副局長迷霧重重。局機關的同志都暗地裡稱讚賈局長真是「宰相肚裡撐船」。

半年後，縣級部門班子進行大調整。賈局長跑到縣委書記那裡，極力推薦牛副局長到城建局當局長，說牛副局長有膽識有魄力，應委以重任。

縣委書記見賈局長不但不記前嫌，還在關鍵時候這麼關心下屬的成長，很受感動，就點頭破例讓牛副局長作了城建局局長，氣得王副局長直瞪眼。

不到兩年，牛局長就被人舉報有重大貪污受賄行為，查證後被判無期徒刑。

宣判那天，賈局長「咚」地一擂桌子，冷冷地說：「哼，想在背後捅我的刀子，我看誰捅的刀子厲害！」

王副局長盯著賈局長，半天說不出話來。

婷婷是誰

張局長因涉嫌貪污受賄，正接受審查。可審查了幾天，他要麼大呼冤枉，要麼只交代一些不著邊際的事情，對貪污受賄的事隻字不說。幾番折騰下來，專案組的同志們一無所獲。

這天晚上，同志們又聚在一起商量對策。正在焦頭爛額之際，專案組組長一拍大腿，叫道：「明天我親自上陣，保證把他拿下來。」

「有什麼辦法？」同志們異口同聲地問道。

「超級秘密，暫不洩露。反正我有高招讓他過一過。」組長似乎已經勝券在握。

第二天一早，對張局長的審查又開始了。張局長又滔滔不絕、不痛不癢地「交代」了一通。突然，專案組組長把桌子一拍，厲聲說道：「坦白從寬、抗拒從嚴的道理我們已經講過多次了，我不希望你作為一名黨培養多年的幹部向深淵越滑越遠，難道你還不如婷婷嗎？」

誰知話音剛落，張局長就愣了。好一會兒，他才回過神來，問：「婷婷是誰？」

「是誰你應該比我們更清楚，你還是把你的所作所為都老老實實交代了吧，爭取寬大處理！」組長又嚴肅地說道。

張局長的額頭立即冒出了汗。他沉思片刻，就耷拉著腦袋，把貪污受賄的事一樁樁地「交代」了出來。

筆錄完畢，回到休息室，同志們也追問專案組組長：「婷婷是誰？」

組長平靜地說道：「婷婷是誰？我也不知道。」

照相風波

全廠領導合影的照片很快沖洗了出來，彩色的，七寸。

廠長拿起照片，滿臉的笑意頓時收斂了起來。

「嗯嗯。」廠長既而用鼻息笑了笑，戴上眼鏡，瞅；點上一枝煙，又瞅。

「嗯嗯。」廠長仍舊笑了笑，木了臉。

「怎麼啦？」副廠長放下手中材料，湊過來問。

「嗯嗯！」廠長沒理睬他，又嗯笑兩聲。

副廠長皺了皺眉，睜大疑惑的眼，又問：「怎麼啦？」

「瞧瞧吧！」廠長懶懶地遞過照片去。

副廠長瞄了一會兒照片，又挪過自己那張來看了一會兒，還是皺眉頭，發出疑問：

「怎麼啦？」

廠長加重語氣：「好好瞧吧！」

聽了副廠長的反映，照相老頭兒大惑，捏著照片左看右瞧，橫看豎瞧，到底看不出什麼來，趕忙帶著照片拖著瘸腿賠著笑臉來問廠長：「怎麼啦，廠長？」

「自己瞧吧，嗯嗯。」廠長仰坐在沙發上，叼起煙，仍舊是原來的態度。

「你說說吧，怎麼啦？」照相老頭一拐一拐過來，有些急慌了。

廠長伸手接過照片，指了指導畫面，笑道：「你怎麼搞的，嗯？」

照相老頭趕忙定睛看，好半天，他才「唔」一聲明白了。

——原來，照相時，為了選取角度的需要，臨時把伙食團長從後排調整到了前排，結果廠長的位置就偏了……

命名

山腳下，有一個住著十幾戶人家的村莊。村前有一條彎彎的河，河中只有幾個矮矮的石墩供人們來去。一遇下雨天，河水上漲，大人小孩們只好在家裡窩著，無法去對岸幹活和上學。

村民們很想修一座橋，但大家都窮，沒錢修。於是就聯名寫了《請求書》。《請求書》很快送到修村長手裡，送到卜鄉長手裡，送到遲區長手裡，最後送到欒縣長案頭。結果，村長、鄉長、區長和縣長批示：目前資金緊缺，以後研究決定。修橋的事就被擱置下來。

去年春節，李氏兄弟打工回村，表示願意拿出幾年來的積蓄，修一座石橋。村民們聞訊，歡呼雀躍，奔相走告。橋很快動工修建了。

修村長得知消息趕來，笑呵呵地給石匠們散煙，對李氏兄弟的義舉讚揚了一番。

過了幾天，卜鄉長到村裡來檢查春耕生產，一聽說修橋的事，立即到修橋工地，稱讚李氏兄弟「致富不忘鄉鄰」，希望橋早日高質量建成。

隨後不久，遲區長、欒縣長都先後下鄉來檢查工作，聽了鄉、村領導的工作彙報後，都興致致地來到修橋工地，一面高度評價李氏兄弟「為民辦實事、辦好事」，一面強調修橋要「品質第一，安全第一」。

石橋終於在夏天暴雨時節來到之前竣工了。完工那天，修村長趕來，問：「橋叫什麼名字？」李氏兄弟說：「一座小橋沒有必要取名字。」「這怎麼行呢？」這橋是在欒縣長、遲區長、卜鄉長等領導的關懷下修起來的，怎麼能不取個名字呢？」修村長有些慍怒地說。

於是，修村長立即召集村委會一班人開會，研究橋的命名問題。幾天後，修村長興沖沖地來到李氏兄弟家，說：「橋的名字我們村委研究了，經請示卜鄉長、遲區長、欒縣長同意，就叫『欒遲卜修便民橋』」。接著從懷裡取出一張宣張，放在桌上，「這是欒縣長百忙之中親自題寫的橋名，你們馬上在橋頭立一塊碑，把它刻上去！」

最新消息

自從宣佈將派出幾個工人，其中包括一名炊事員出國考察後，廠裡就像炸開了鍋，忽然間變得熱鬧起來。

這不，食堂的幾位師傅，從早晨到下午還沒轉過話題，大家都在權衡著這張出國簽證將批給誰。

「最新消息，最新消息！」隨著喊聲，小李師傅衝進食堂。

人們迫不及待地問：「小李，啥事？」

小李師傅喘著粗氣，周圍的人全摒住呼吸，等待他發佈最新消息。

「總務科張……張科長將到食堂當炊事員啦！」

「啊？」幾乎同時，人們倒吸一口涼氣，全沉寂了。

「這年頭，名利哪個不爭？」好一會兒，王師傅冷冷地說了句。其他炊事員也都憤憤不平起來。

一天就這樣過去了。第二天，炊事員們一反常態，很晚起床，很晚到食堂做伙食，也不再說說笑笑了。他們故意將氣氛凍結，故意讓工人對食堂不滿意，使張科長在食堂難堪。

可這一天，張科長沒來食堂。

第三天，張科長仍沒來食堂。

第四天，第五天，連張科長的影兒也見不著了。

由此，沉寂了幾天的食堂氣氛漸漸活躍起來。炊事員們議論紛紛。

「難道張科長已經出國了？」

「莫非他歡喜過度住院了？」

「是不是小李的消息有假？」

……

議論紛紛兩天，答案誰也不知，誰也沒有見到張科長。炊事員們心裡總不踏實，便一夥來問廠長。

廠長聽完炊事員牢騷，微微一笑說：「你們都搞錯了，張科長正暗地裡觀察食堂動靜，考察出國人選。這不，今天正找小李談話呢！」

「啊？」又一最新消息鑽進耳鼓，撞擊得炊事員們瞠目結舌。

不當秘書的理由

大學中文系一畢業，我就被分配到局辦公室當秘書，主要負責為局長寫講話發言材料，陪同局長到基層調研工作。沒想到今年春節剛過，局長就宣佈我到資料室當收發員。我為局長效了三年的勞，說得上有功勞有苦勞，為啥突然就不讓當秘書了？

是不是我這幾年沒給局長送禮？不對。記得我剛到局辦公室那年，為了感謝局長的信任，讓我當秘書，我特地用一個月工資到商店買了兩條煙送到局長家裡。沒想到局長不久卻悄悄塞給我五百元錢，說我剛參加工作收入低，說我只要好好工作就是對他的最大回報。

難道是我有些方面得罪了局長？不可能。說明白一點，三年來，我既當局長的工作秘書，又當局長的生活秘書。局長說明天要一個講話稿，我今天晚上就是不睡覺也要趕寫、列印好；局長說工作勞累了需要放鬆放鬆，我就連忙為他準備車輛和漁具（局長喜歡釣魚），聯繫魚塘。

哦，局長那天在娛樂城洗了桑拿浴，被他夫人知道後，和他鬧了幾天，是不是怪我這個「嘴邊無毛」的把事兒給漏出去的？不對。局長深知我的為人。同時那天我和局長一樣也喝醉了，也經不住「誘導」破例了一次。如果我真把局長那事兒給漏出去了，豈不「扒出蘿蔔帶出泥」？

到底是什麼原因使我不當秘書了？我百思不解。這時桌上的電話突然響了，是局長要看一份文件。當我端端正正地把資料夾放到局長手裡時，局長就坐在他那寬大的辦公桌前，示意我坐到他對面寬大的沙發椅上，接著問我：「工作能適應吧？」我木然地點點頭。局長又說道：「去年資料室出現了洩密現象，這是一種工作不負責的表現。我讓你到資料室工作，就是看重你時時處處認真負責，謹小慎微。好好幹，明年我讓你再回辦公室，當主任，好不好？」局長微笑地看著我。

我一下恍然，激動得連話也說不出來。

精簡稱呼

有個姓殷的中年人，在廠裡搞了二十多年文字，有些迂腐，也沒混個一官半職，人們就稱呼他「殷同志」。誰知「殷同志」卻不買帳，經常批評大家這樣喊太土氣了。

人們問：「那該怎樣稱呼呢？」

「殷同志」就一本正經地告訴大家應該精簡文字，稱呼他「老殷」。

人們笑著說：「老鷹？多難聽啊！」

他又一本正經地說：「啥難聽，老鷹，威武雄壯的象徵！」

又過了幾年，老殷靠給新上任的廠長送了十多斤山貨，終於撈了個環衛部部長的職務。

當天在家吃晚飯，老殷一高興就喝高了。

妻子邊奪酒杯邊說：「老殷，別喝了。」

哪知老殷一聽，把眼一瞪：「咋喊的？老子現在是部長啦！」

「那殷部長，上床休息吧。」妻子勸道。

「又咋喊的？要精簡文字，喊殷部！」老殷又把眼一瞪。

「殷部就殷部吧，別喝了！」不料妻子剛扶起老殷，母親就衝過來，「啪」給了他一耳光：「媽的，當個屁官、喝口馬尿就上天啦？陰部陰部，我看還是肛門呢！」

老殷捂著火辣辣的臉，酒一下子醒了。

特殊身材

老公雖不高大，但也魁偉，服裝店裡的衣服不合身。妻子就在城南百貨市場邊找到一家縫紉店，自己買上布料來店裡加工。

誰知三天後把衣服取回去，老公一試，氣得不行。咋啦？前襟短，後襟長。這是咋縫紉的？妻子圍著老公轉來轉去，邊扯衣角邊咕噥。

試了幾次，還是老樣子，妻子就拿著衣服來找裁縫。

裁縫一驚，接過衣服就鋪在案板上，拿起尺子量。

反覆量了半天，裁縫還是很詫異：「大妹子，這衣服是按標準尺寸做的，一點兒沒問題。」

「可我老公穿著就是不合身。要不，你給改一改，把前襟做長，後襟剪短。」

「你想砸我的店牌？我們全家老小還靠它吃飯呢。」裁縫說。

「那怎麼辦呢？這麼好的布料總不能丟掉吧？」

「你老公是幹什麼的，身材這麼特殊？」裁縫問。

「他是局長。」

理想

三年級一班政治老師善用交流式數學，成效顯著，全校聞名。

一天，老師教《理想》一課。由於「理想」是個抽象的詞語，她為了讓學生理解「什麼是理想」，就很自然地將課上成了交流課。

還沒打開書本，老師就微笑地問：「同學們，你們長大了想做什麼？」

話音剛落，坐在前排的小明就舉手站了起來：「我長大了想當博士！」

「很好，有志氣！」老師點點頭，誇獎道。

誰知小明還沒坐下，旁邊的小強就呼地站起來：「老師，我不當博士，我要當老闆！」

「也行，說說看為啥當老闆？」老師點點頭，依舊微笑著問道。

「博士再有知識文化，也要聽老闆的。」小強說道。

「為啥？」老師一驚。

「不聽話就解聘他。前不久我爸爸就解聘了一個博士，他說只要有錢，連科學家也能聘到。」小強答道。

小明用手肘推了推小強，不服氣地坐下。

小強得意地搖搖身子，剛坐下來，第二排的小剛就站了起來：「老師，我長大了想當官！」

同學們『哄』地笑了起來。

老師也微微笑了一下，問道：「為啥想當官，說來聽聽！」

「當了官不做事還領高工資，不打的還坐好車，不下廚還吃山珍海味。」小剛說道。

「有這麼好呀？」老師故作驚訝地問道。

「還有更好的呢，老闆再有錢也要聽他的話！昨天一個大老闆來我們家見我的局長爸爸，連腰都站不直了！」小剛得意地說道。

「啊！」同學們驚叫一聲，紛紛吐出舌頭。

老師皺皺眉，示意小剛坐下，接著指著後排角落的小芳問道：「你長大了想當什麼呢？」

小芳怯怯地站起來，輕聲說：「我想當官太太。因為，再大的官也要聽她的。」

燈

男人退休前是單位的「一把手」。由於應酬較多，生活規律被打亂。每天早晨八點都過了，小車司機在樓下也鳴了好幾次喇叭，才匆匆起床，匆匆洗漱出門。

退休後，男人卻比原來起得早。天色將明未明，他就穿戴洗漱完畢，開門出去。

女人問，男人就說：「鍛煉身體。」

天一亮，男人就回家，每日如此。

女人見男人氣色漸好，心悅，逢人就誇男人。

一日，男人回來，神情恍惚。

女人驚問，男人不答，倒頭就睡。

女人喚回兒子。兒子站在床前，追問緣由。

男人閉著眼，喃喃地說：「燈、燈。」

女人忙把燈關了，以為刺眼。

男人擺擺頭，說：「不，不是的，辦公室的燈。」

兒子忙趕到單位，見男人原來的辦公室燈火明亮。一打聽，原來是新任局長一早來上班了。

男人從此一病不起。

追悼會

張三的父親去世了。張三要給他開一個追悼會。因為，張三的父親是村長。

聽說要開追悼會，鄉長趕來，說追悼會是不能隨便開的。

張三把眼睛一鼓：「咋不能開？李四是個農民，去年打工從房子上摔下來死了。他老婆要求開追悼會，老闆就同意了，追悼會還很隆重，工人們全部到齊，每人佩戴一朵白花，好幾個人講了話，大家都鞠了躬。」

「可，可你爸爸是幹部，況且……」鄉長說道。

「幹部咋啦？幹部為人民服務，死了更應該紀念！」張三叫道。

鄉長見拗不過，擺擺手說：「我們鄉政府不管了，你們想咋地就咋地！」

張三就咕噥：「你不管也要開！」就去找村書記。

村書記這次很爽快，說：「開也行，悼詞你們自己準備。」

張三就找村小學的老師寫了悼詞。村書記拿起悼詞，一眼掃到結尾：我們要化悲痛為力量，向張村長同志學習，做一個對社會有用的人，把家鄉建設得更加美好。

村書記把悼詞丟給張三，說：「這結尾不妥，你要讓群眾學習他，不鬧笑話？」

張三陌生地看著村書記：「咋啦？」

村書記嚴肅地說：「你忘了你爹是咋死的？」

「哦！」張三一拍腦門。原來張村長是為陪一個客戶，洗桑拿時腦溢血丟了命。張三就拿筆把最後的句子刪了，然後把悼詞又給村書記。

村書記詳細地看著，接著指著其中的一句話：「這條不合適吧。」張三問怎麼不合適？

村書記說：「愛護家庭，教育子女有方。我問你，你爸愛護家庭還會去那地方？教育子女有方，你們幾兄妹哪個讀了大學？」

張三一愣：是啊，父親當了二十多年村幹部，成天早出晚歸，我們兄妹四個都沒成才，最高才初中畢業。「那……刪了吧。」張三說。

村書記把悼詞丟給張三，說：「這悼詞不能用，追悼會開不開，你們看著辦！」說完起身走了。

張三拿著悼詞，說：「悼詞不好寫，那就不開吧。」

村書記背著手，快步走著，「啪」地吐了口痰，咕噥道：「我爹當書記那麼多年，還沒開追悼會呢，哼！」

局長軋了一條狗

星期五下午，局長開著單位的小車回了趟老家，回來時把一條橫穿公路的狗軋死了。

局長下車看了一下躺在車下的死狗，見是條土狗，覺得沒啥大不了的，準備駕車而去，突然從公路兩邊的村落裡湧出來一大群人，把局長和車團團圍住，嚷道：「軋死了狗還想溜？」

局長從車上下來，擺了擺了局長的架子，叫道：「嚷什麼嚷？賠錢就是嘛！誰家的狗？多少錢？」

人群中站出一個年青人，說：「我家的，一千塊。」

局長把眼一瞪：「想敲詐喲？」

年青人也把眼一瞪：「誰敲詐你啦？這條狗我養了三年，一千多天，難道一天的狗糧還不值一塊錢？」

局長一聽，覺得有些道理，就說：「那好吧，一千就一千，算我倒楣。」說著就取下車上的錢包付錢。
誰知局長打開錢包就愣了，裡面的一千塊錢回老家給娘了，現在只有一些零鈔，一數，只有兩百多塊。
局長把錢往年青人手裡塞，接著掏出煙給年青人點上，笑嘻嘻地說道：「兄弟，我這裡的錢不夠，等回去取了錢給你送來。」
年青人順手將錢一推，盯著局長：「那怎麼行？你一走肯定就不認帳了。」圍觀的人群也跟著嚷起來：「對，不能讓他走，走了就黃了！」
局長也急了，抖了抖手中的錢：「那你叫我怎麼辦，這裡又沒有取款機。」
年青人看了看手中的煙，深深地吸了一口，接著說：「這樣吧，這些錢我收下，你再拿什麼東西給你押著，回去拿錢來取。」
局長喜出望外，說道：「那好，那好，我把身份證給你吧。」說著就從錢包裡掏出身份證和錢交到年青人手上。
年青人看了看身份證，又瞟了瞟局長手上閃著金光的手錶說，「身份證頂屁用，總該拿點什麼值錢的東西作抵押吧。」
局長生氣地看了一眼年青人，然後取下手上的錶，交給年青人：「這個總行了吧。」

年青人翻來覆去看了看表，唏噓一聲：「名牌的，可以。」接著又深深地吸了一口煙，說：「煙不錯，還有沒有？」

「你有完沒完？」局長真生氣了。

「我怎麼有完沒完？你上班時間回家辦私事，還公車私用，並且損壞了老百姓的利益。我沒完，你才沒完呢！」年青人嚷道。

「好好好，我給你。」局長點著頭，又轉身打開車門，取出兩盒「熊貓」煙，交給年青人。

年青人掂了掂了手上的錶和煙，說：「好吧，煙我抽了，手錶和身份證給你留著，以後拿錢來取吧。」

局長沒好氣地鑽進小車，一轟油門疾馳而去。

年青人高興地向圍觀的人群揚了揚手中的東西，說：「大家回去吧，沒事哪。」接著招手攔了輛計程車，往縣城方向而去。他心裡高興極了：「這回又可以瀟灑瀟灑了。」

來到縣城，年青人很快鑽進一家髮廊。

不一會兒，幾個巡警也走進了髮廊，將年青人和一名髮廊女逮個正著。

巡警從年青人身上搜出了局長的身份證、手錶和香煙，料定年青人是一個小偷，就把他帶到了派出所。

派出所所長見到局長的身份證和手錶，連忙給局長打電話，局長就將軋狗之事說了。派出所所長就對年青人作了治安處罰。

一個在派出所實習的小伙子覺得這件事很有趣，就將事情的前前後後寫到微博裡，不料引起了網友們的關注，微博被連連轉發，局長軋狗之事也被添油加醋地在街頭巷尾廣為傳播。傳來傳去，不少人就向縣委書記、縣長信箱發出疑問：名牌手錶哪來的？高檔煙誰送的？要求調查。

縣紀委就成立專案組悄悄進行調查。沒多久，在當地報紙的一版上，一條新聞標題赫然奪目：「軋狗壓出一個腐敗分子」。

局長要回鄉過春節

臘月二十八，局長還在省黨校學習。副局長心裡明白，局長這次被突擊到黨校學習，就是為年後提拔作鋪墊，局長提拔後，局長位置十有八九就是副局長的啦。

副局長忽視覺得應該為局長在局裡過最後一個春節做點「實事」，於是就把辦公室主任、副主任、後勤科長召集起來研究。

辦公室主任說：「我們在帝豪大酒店訂個包間，讓局長天天到那裡吃飯。」

副局長搖搖頭：「春節是中華民族的傳統節日，家家都希望團圓，你讓局長上酒店，不妥！」

辦公室副主任說：「我們陪局長去一趟海南島，把那邊的景區再遊一遍！」

副局長又搖搖頭：「不行不行，一到春節，景區擁擠不堪，哪裡是讓局長休閒，分明是去受苦。」

後勤科科長說：「我有一次聽局長說他母親身體不好，今年局長可能要回鄉下去過春節。」

副局長一摸腦門：「對對對，我也聽到局長說過一次。局長是個有孝心的人，他肯定要到鄉下去和母親一起過春節。那，我們為局長做點什麼呢？」

後勤科科長說：「局長回老家下了車還要走一段土路。我建議花點錢把那段土路鋪上碎石，讓局長把車直接開到家門口。」

辦公室副主任說：「局長老家沒有安天然氣，煮飯燒柴火，煙薰火燎的很不清潔衛生。我建議為局長老家買燃氣灶和煤氣罐送去。」

辦公室主任說：「局長老家比較偏僻，沒有安裝閉路電視，局長又喜歡看春節聯歡晚會，我建議為局長老家買台電視信號接收器。」

副局長一聽，連連點頭，「對對對，你們考慮得很周全。只有明天一天的時間了。馬上召開幹部職工會議，分組落實工作。」

第二天，在副局長的帶領下，局機關幹部職工全部下鄉，為局長老家鋪路、安裝電視信號接收器，送去了燃氣灶和煤氣罐。

大年初一早晨，副局長突然碰見局長挽著母親在逛街。副局長瞪大著眼：「局長，您、您沒有回老家過春節呀？」

局長微微一笑，說：「母親昨天坐車到城裡來了，今年春節我就不回老家去了。」

副局長「哦」地一聲，愣了。

第四輯　紅心閃亮

人民公僕

春節前的一天傍晚，剛走馬上任的縣委書記常為民到偏遠的望月鄉走訪完貧困群眾，正一身疲倦地徒步往山下趕。剛走到鬼見愁埡口，就聽見對面半崖上「轟隆」一聲響。大家驚訝地往對面一望，只見一頭騾馬馱著東西掉到山崖去了，打得樹枝藤蔓「劈啪」作響。常書記一行連忙趕到崖底，一對中年夫婦正哭得死去活來，騾馬摔得血肉模糊，幾袋化肥灑了一地。常書記摸出身上僅剩的兩百元錢，安慰中年夫婦說：「去買幾袋化肥吧，別傷心了。」

常書記一行繼續往山下趕，不一會兒又見一個老頭子躺在路旁，旁邊擱著一大擔煤炭。常書記讓辦公室小張背上老頭兒，就招呼大家快點往山下趕，說老頭子臉色烏青八成是得了急病。

趕到山腳下，坐上小車，老頭子就蘇醒了，直喊痛。常書記問老頭子哪兒痛，老頭子指了肩膀。常書記連忙解開老頭子的衣服一看，不由嚇了一跳，只見老頭子兩個肩膀已磨破了皮，血跡斑斑。常書記就叫司機快點往附近的鄉衛生院開，然後言語沉緩地說：「這地方，老百姓太苦了！」說完後一直緊皺眉頭。

小車把老頭子送進鄉衛生院，常書記向醫院院長和醫生特別叮囑了一番，連晚飯也不吃就趕回縣城。當天晚上，召開了縣委常委會議。會上，常書記講了路上的事情，然後沉重地問大家：「改革開放三十多年了，國家惠民政策也實施了好幾年，然而在我們縣還會出現這樣的事情，我們的工作難道就盡心盡力了嗎？」

第二天，縣委縣政府召開大會，決定在全縣實施農村交通大建設。縣級各部門按照縣委縣政府的部署，全下到了鄉鎮、村社，和當地幹部群眾一起，一邊搞規劃籌資金，一邊協調材料修公路。常書記在檢查公路建設進度時說：「沒什麼大的要求，只要鄉親們從此不再肩挑背磨就行了。」

後來，一條條通鄉通村公路修進了院落，修上了山頂。鄉親們無不稱讚共產黨好，很快以老百姓的名義製作了一塊大匾，敲鑼打鼓送進了縣委，匾上繡著：「人民公僕」幾個金色的大字。常書記樂得臉上開了花，但堅決不准金匾掛上牆。就這樣，金匾一直擱在常委會議室的一張空桌上。

前不久，縣委召開農村交通建設推進會。會後，縣委領導回到會議室繼續開會。大家看著每天被常書記擦得一塵不染的金匾，都說今年的農村公路建設任務完成得很好，金匾該掛上牆了。

常書記步履沉緩地來到匾前，說：「我看這匾還是不能掛。雖然為老百姓修通了公路，但都為老百姓找到了致富路嗎？所以我們的工作離『人民公僕』還有一定差距。等通過我們的共同努力，老百姓不僅走上了平坦的公路，還走上了發家的致富路，那時，我們不僅要把金匾掛在牆上，還要當之無愧地把『人民公僕』幾個字舉在頭上。」

會議室立刻爆發出雷鳴般的掌聲。

村長

村長六十多歲，駝背，瘸腿，一個人樂呵呵地過日子。

駝背是爹媽給的，瘸腿是二十多年前鄉上修公路時留下的。

春節剛過，前任村主任外出打工去了。鄉幹部就來村裡來主持選舉。選了幾次，選出的幾個主任當場就堅辭不幹。又選，村民們就在選票上寫上村長的名字。結果，村長當選了，村民們哄笑一團。

上任第二天，村長就召開村組幹部會，說：「學校二十多年沒整了，快垮了，該集資整一下。」幹部們立即笑起來：「這麼多年學校沒有垮，你一當村長就要垮。村長，你撈政績怎麼這麼快喲？」

過了一天，村長召開村民代表大會，提議集資整個學校。村民代表們大聲說道：「村長，你也想整修學校撈『油水』呀！」

村長噎得說不出一句話來。

一轉眼就到了雨季。剛下了一場暴雨，村長就把學校師生攆出了校門，搬到自家堂屋上「大課」。

鄉政府和中心校領導來了，批評村長影響正常的教學秩序。學校師生們又搬回到學校上課。

又一場暴雨來了。黃昏時分，村長路過學校，聽見一扇窗戶被風吹得「啪啪」響，就推開教室門進去。誰知剛走進教室，學校就「轟」的一聲，土牆倒了。

村民們聞聲趕來，刨出村長，抬起就往鄉衛生院跑。

還沒出大山溝，村長就斷氣了。

半年後，新學校修好了，師生們搬進了寬敞明亮的新教室。

第一天上課，老師們都不約而同地向學生講起了村長。

戲子小白玉

縣城北門橋頭有一個戲班，全縣聞名。說是戲班，其實只有一師一徒。師傅六十多歲，老戲子了，幾輩人傳下來的。徒弟是個女娃，叫小白玉，是師傅撿來的孤兒。小白玉十五六歲，已出落得亭亭玉立，瓜子臉，柳葉眉，葡萄眼，櫻桃嘴，白玉般人見人愛。

一天，縣城來了個日本商人，矮矮胖胖的，見人就哈腰賊笑。轉遍大街小巷，日本商人就來到戲班，要師傅去旅社為他唱戲。

師傅躺在床上，病入膏肓樣。日本商人伏下身，用生硬的中國話說：「我的，中國文化的喜歡。你的為我唱戲，獎賞大大的有。」

師傅緊閉著眼，搖搖頭有氣無力地回答：「我身體不行了，唱戲更不行了！」

日本商人好說歹說，師傅都無動於衷。日本商人的保鏢正要架師傅走，小白玉站了出來，說道：「老闆，我去！」

師傅一聽，連忙喊道：「女兒，你、你不能去！」

小白玉說：「師傅，我去唱唱，也是宣揚宣揚我們的中國戲。」

「孩子，你不懂！」師傅叫道。然而，小白玉已隨日本商人走了。晚上，小白玉疲倦地回來，只見戲班裡黑燈瞎火。小白玉感覺有些不妙，剛喊一聲「師傅」，就見房樑上吊著一個人。

師傅死了，小白玉伏在他身上痛哭：「師傅，你不是常說『戲大於天』嗎？你這是何苦啊？」

葬了師傅，小白玉像變了個人。她摘下戲班的牌子，擺個小攤過日子，再沒唱戲了。

轉眼過了幾年，縣城又來了一隊日本兵，荷槍實彈的攪得滿城雞飛狗跳，老百姓恨透了。

日本兵成天花天酒地，逛完了妓院酒館，突然想聽聽戲，可找遍全城也沒找到戲班。當天傍晚，小白玉精心打扮了一番，收拾起戲裝，大搖大擺走進了日本兵營房。霎時間，日本兵營房內燈火輝煌，笑語喧天，小白玉正投入地唱著〈花木蘭〉。營房外，老百姓不停地「呸」著唾沫，罵小白玉「敗類」。

約莫過了個把時辰，當唱到花木蘭奮勇殺敵、凱旋歸來時，小白玉突然掀開戲袍，拉出腰間的炸藥包，縱身跳下戲臺。

「轟隆」，一聲巨響，整個營房坍塌了，日本兵死傷大半。

從此，人們再也沒見到小白玉。

紅包

那天早上，文副廠長一推開辦公室的門，就看見一個鼓囊囊的大紅包赫然擺在地上，心裡不禁一顫。

文副廠長本能地站立片刻，然後才彎下腰，像捧一枚定時炸彈，輕輕地捧起紅包，放在辦公桌上。

看到紅包，文副廠長想起了張廠長。張廠長就是因為屢收紅包而鋃鐺入獄的。

文副廠長沉緩地坐在椅子上，心情沉重：難道又有人想用紅包砸倒我？

呸！文副廠長一拍桌子，毅然抄起電話，撥了號碼。

一會兒，紀委來人，當著文副廠長的面，打開了紅包。幾層紅紙打開，只見一大疊五角，一元，五元的鈔票散開來，裡面有一張紙條。文副廠長不由一驚。

紀委的同志看完紙條，對文副廠長說：「這事兒你自己處理吧。」便走了。

文副廠長連忙拿起紙條，只見上面寫著：「張廠長，我們是廠裡十多年前的下崗職工，非常感謝您一主持工作就利用春節發紅包的傳統方式，兌現了我們的退職費和集資款，使我們有資金重新再就業，有了生活的著落。聽說廠裡有個工人得了白血病，我們也湊了點錢，略表心意！」

文副廠長放下紙條，眼眶一熱，淚水一湧而出。

不久，在職工大會上，文副廠長全票當選為廠長。

失明的母親

明是一家單位的領導，每天早出晚歸，甚至有時深更半夜才回來。

明的父親曾經也是領導，那年在帶領鄉親們搶修公路的突遇塌方，死了。明的母親就一個人住鄉下。去年，母親的眼睛得了白內障。明就把母親接到家裡，等母親身體的各項指標正常後做手術。然而沒等到身體的指標正常，母親就幾乎失明了。

一天，明又很晚才回家。第二天早上，母親對明說：「兒啊，你昨晚下半夜才回來吧。」

明一驚，連忙問：「媽，你怎麼知道的？」

母親說：「媽雖然眼睛看不見了，可耳朵沒聾啊。你回來時外面的雞就叫了！」

明頓時無語，愧疚地看著母親和妻子，笑了笑。

又一天，明經不住一個老闆的軟磨硬纏，回來時又是深夜。第二天早晨，等妻子出去買菜時，母親說：「兒啊，做人也好，做官也好，你都要像你爸爸那樣堂堂正正啊！」明說：「媽，你放心，我一直都是以爸爸為榜樣的。」誰知母親的眼淚一下子流了出來，說：「孩子，你恐怕沒做到。我問你，你昨晚是不是去了不該去的地方，收了不該收的東西？」

明又一怔，心中打了個大大的問號。他說：「媽，你別胡說。」

母親說：「兒啊，媽不是胡說，要想人不知，除非己莫為。我的鼻子沒壞吧，手沒出問題吧。昨晚，你回來後，我起來聞了你放在沙發上的衣服，有一股很濃的香水味，我又摸了你的衣袋，裡面裝著一疊很厚的錢！」

原來，母親雖然「失明」了，但每天仍然關注著兒子。明立刻就淚眼汪汪，對母親說：「媽，我馬上就把錢送回去。你放心，兒子今後一定像爸爸那樣。」

吻的秘密

宏和紅是老鄉，也是大學同學，在一座城市工作。宏和紅就談起了戀愛，不久結了婚。結婚時，宏是縣政府機關秘書，紅是縣紀委幹部。從結婚的那天起，宏每次晚上回家，紅都要迎上去，給他一個吻。

為此，又抽煙能喝酒的宏就戒了煙酒。領導和同事問宏：「咋啦？怕老婆啦？」宏笑笑，擺擺頭：「不，不，不，是為了健康。」

後來，宏當了建設局局長，紅也當了紀委的副書記，但紅每天晚上照例在家等宏回來，等他接受她的吻。宏每天的應酬雖然很多，可知道紅在家等他，所以每天晚上都按時回家。老闆們有時把宏強拉到酒桌上，可由於宏不抽煙不喝酒，沒有「共同語言」，也是幾筷子菜一碗飯下肚就散伙。

一天晚上，紅吻完宏，就主動問宏：「老公，我們都結婚十多年了，孩子也不小了，你知道我為什麼還堅持每天晚上等你回來吻你嗎？」宏說：「你愛我唄。」紅點點頭，又說：「還有一層意思，防止你腐敗。」宏瞪大眼，不解地看著紅。紅平靜地說：

「每天晚上給你吻，你就會習慣性的按時回家，那樣就少了和一些想違紀違規的老闆在外面花天酒地的機會。」「那你知道我為啥不讓你喝酒抽煙呢？」紅又問道。宏說：「為了我的健康唄。」紅又點點頭，又說道：「還有一層意思，不讓你抽煙喝酒，你就少了和那些想違紀違規的老闆在酒桌上『辦公』的機會。」接著，紅對宏講了宏也有些耳聞的案例：某局長好抽煙，找他辦事的就給他送好煙，中華、熊貓整條整條地送，結果被查了出來。某局長愛喝酒，辦事的人就給他送各種好酒，結果辦案組從他家裡搜出來的酒箱裡都是整遝整遝的百元大鈔，連酒帶鈔票裝了一大汽車。某局長好色，勾搭上了單位年輕貌美的女會計，兩人和夥貪污單位的錢財，被逮捕了……

紅看著宏的眼睛，平靜地述說著。此時，宏已淚流滿面。他握住紅的手，說：「老婆，感謝你這麼多年用心良苦地對我，我愛你！」說著，一把摟過妻子，一下子吻住了她的嘴，吻得那麼熱烈，那麼纏綿……

樟樹上有個馬蜂窩

上午十點鐘，王總挾著公事包走出公司大門，剛坐上小車，手機突然響了。

王總一按接聽鍵，就聽到母親驚喜的叫聲：「兒啊，你快點回來一趟！」

「什麼事？」王總一驚，連忙問道。

「有人要買我們家門前樟樹上那個馬蜂窩！」母親急急地說道。

「多少錢？」王總也急急地問道。

「他說如果保證把馬蜂窩完整無缺地取下來，五千塊！」母親說道。

王總沒有立即答話，他握著手機，心裡問道：一個在樹上吊了兩三年的馬蜂窩恁個值錢？莫非裡面有寶貝？

想到這裡，王總對母親說：「我馬上回來。」說完，他對司機說：「趕快回老家一趟！」

約摸過了個多時辰，王總終於趕回了百里之外的老家。

王總問母親：「買馬蜂窩的人呢？」

母親說：「到別處尋馬蜂窩去了。他告訴我如果在今天下午兩點鐘前完完整整取下馬蜂窩，他就派人來拿，一手交錢一手交貨。」

樟樹有五、六丈高，王總大腹便便，不可攀爬，王總就叫司機上樹取馬蜂窩。司機雖瘦猴樣，但從小生活在城市，沒有爬過樹。他費了九牛二虎之力，終於在下午一點五十分把馬蜂窩摘了下來。

王總小心翼翼接過馬蜂窩，翻來覆去看了半天，也沒有發現有什麼寶物，且馬蜂窩已經發黴，不斷散發出腐臭氣味。

王總放下馬蜂窩，用手扇了扇鼻前的臭氣，問母親：「都快兩點鐘了，買馬蜂窩的人怎麼還沒來？」

母親平靜地說：「不會來了，這馬蜂窩根本不值錢。」

「啥？」王總立即瞪大了雙眼，盯著母親問：「怎麼回事？」

「兒啊，我知道你今天下午兩點鐘要參加一個土地拍賣會，也聽說你和有的人對那塊地作了手腳，是假拍賣。所以，我就撒謊騙你回來，不去幹那違法的事情！」母親說道。

「你，啊！」王總突然撕心裂肺地叫了一聲。母親一提醒，他這才想起一時為了「值錢」的馬蜂窩而耽誤了拍賣「大事」。

王總狠狠地踩了馬蜂窩幾腳，恨不得也踩母親幾腳。

母親已經淚流滿面，她說：「兒啊，做人也好，經商也罷，都要遵紀守法走正道啊！你爸爸那年因為五千塊錢就丟了烏紗帽，不久慪氣丟了命。你要吸取教訓，不能再丟我們家祖宗八輩的臉啦！」

王總的腦袋一下子垂下來，蔫了。

一個人的午後

A

下午的十四時二十八分，地底下突然傳來過山車般「轟隆隆」沉悶的聲響，隨後大地猛烈搖晃起來。天地間忽然煙塵滾滾，哭鬧聲、呼救聲此起彼伏。

她猛然一驚，還沒反應過來就被埋在磚塊瓦礫中，四周一片漆黑。

她本能地使勁往上爬，可身子無法動彈。

她張開嘴，叫他的名字，泥沙立刻滑進嘴裡。

B

他也被突如其來的搖晃嚇了一大跳，幸好此時正走在大路上。他本能地趴在地上，一陣猛然的搖動過後，便爬起來向家裡猛跑。

跑到家門前，見家已成一片廢墟，他聽到了妻子發出的聲音。他高喊著妻子的名字，使勁地掀著磚塊。不一會兒，露出了一個洞，洞底下傳出妻子「哼哼」的聲音。

他側著身子探進去，夠著了妻子的手，一拉，妻子發出撕心裂肺的慘叫。

他準備再掀磚塊，手機突然響了。手機信號不好，斷斷續續傳出聲音：「你在啥地方？趕快過來」。

他猶豫了一下，接著對妻子說：「穩住，我去一趟就回來」。接著從洞裡退出，跑了。

C

他跌跌撞撞跑著，找到了在街上組織群眾避險的鎮黨委書記。書記嚴肅地說：「馬上到敬老院搶險！」

新修的敬老院搖搖欲墜，三十多個孤寡老人在屋裡亂作一團。

剛把最後一個老人撤出來，敬老院「轟」地垮了。

他望著騰起的煙塵，長長地舒了口氣。

D

又一陣餘震。

他又跑回家裡。他來回幾次找洞口，沒有找到。他突然拼命地掀起磚塊瓦礫來。

一個多小時過去，他終於見到滿身是土的妻子。他摟著妻子嚎啕起來。

嚎啕一陣，他用血肉模糊的雙手托著妻子走進了臨時搭建的太平間。

E

他跑到了學校。上百人在廢墟上一邊哭喊著孩子的名字，一邊不停地搬動水泥磚塊。

他在廢墟邊來回搜尋了一陣，突然哭著叫起來：「小山，小山，我的兒啊！」

終於，他掏出了一個孩子，還有呼吸。他連忙把孩子抱到操場邊的擔架上。

他興奮地又跑向廢墟。突然，他頭腦一熱，眼前一黑，栽倒在地。幾個人立即圍了上來，把他往擔架上抬。

一本紅彤彤的《黨員證》從他的衣袋掉了出來……

阿懶養豬

在我農村老家，有個中年男子名叫阿男，因懶惰成性，人們便叫他「阿懶」。阿懶父母死得早，一個人住在低矮破舊的板壁房子裡，三十七八了還沒娶親。

去年春天的一天，阿懶在院壩上曬了一陣春陽，照例到處遊逛。他看見村委會門前人集如雲，便急忙過去看熱鬧。一個老頭端著裝有仔豬的籮筐從人群中擠出來，見阿懶探頭探腦地向裡面張望，就黑著臉叫道：「阿懶，走開，這裡沒得你的便宜！」「什麼便宜嘛？」阿懶問。老頭說：「人民政府扶貧，送仔豬來。」「哦，我還以為是分錢呢。」阿懶咕噥一句，突然拉住老頭兒的手膀子，指著運豬車上大大的紅字，喊道：「喂，你搞沒搞錯？送豬兒來的是村裡的呂書記！」

正在埋頭為貧困戶仔豬的村支部呂書記聽到喊聲，不由抬起頭來看著阿懶。阿懶扭過頭來，發現呂書記正和善地看著他，不好意思地笑了一下。呂書記直起身來，走到阿懶跟前，伸手從車上抓過一個竹筐，抱出兩隻稍大的仔豬裝上，端起來塞給了阿懶，說：「阿懶，弄兩隻豬兒給你餵，看你還懶不懶」，並喊助理：「小李，登記好」，人們一陣哄笑。

阿懶稀裡糊塗地把兩隻仔豬弄回家，就丟在一邊睡大覺。等他一覺醒來，天已擦黑，豬兒早已跳出竹筐跑了。阿懶費了好大功夫把渾身臭泥的豬兒捉回家，想到又要找人吃的又要打豬草，嘴裡就漫罵起來。

罵聲被隔壁上訪專業戶劉二聽見了。他進門來對阿懶說：「兄弟，到村上找去，既然給你豬兒餵，為啥不給你買飼料，豬兒沒吃的就會餓死，這叫啥扶貧？」

阿懶走進村委會辦公室，見到李助理，屁股還沒落座，便照劉二說的那樣，「劈裡啪啦」地把「牢騷」傾瀉到李助理身上。等阿懶說完，李助理才找來杯子倒上茶，然後對阿懶說：「呂書記的家庭情況你是曉得的，他丈夫一直有病，一個娃兒還在讀大學，一家人的嘴巴都吃他一個人的幾百元微薄工資啊。你更不曉得，你餵的那對稍大點的豬兒，就是呂書記個人掏錢買的！」「啊？」阿懶驚了一下，再沒說什麼了，就頭也不回走了。

後來，李助理把阿懶到辦公室來的情況詳細說了一遍，沒想到受到呂書記的批評。呂書記說：「作為黨員、幹部，怎麼能隨便在老百姓面前訴苦擺個人困難呢？老百姓有想法，有難處，我們只有想辦法幫助解決，不能隨便搪塞，更不能拒之門外。」

當天，呂書記專程到阿懶家，組織人員為阿懶修了豬圈。此後，還送去了養豬技術資料，並親自割了兩天紅苕藤，幫助阿懶搞了青儲飼料。

一天，呂書記正在辦公室，忽聽外面人聲鼎沸。他推開窗門，看見阿懶吆著一頭大肥豬，在人們的擁簇下已走到了村委會院壩。阿懶身後，有兩個農民抬著一塊匾，上書「聽共產黨話勤勞致富，謝呂書記恩獻豬一頭」幾個金光閃閃的大字……

鄉長的茶杯

早上八點鐘，鄉長剛到辦公室落座，退休工人老劉就「嘿嘿」地點頭哈腰走了進來。一向謹小慎微、膽小怕事的老劉初次來見上任不久的鄉長，一走進鄉長辦公室，就顯得更加拘謹，手微微有些發抖。

鄉長見老劉的窘態，就招呼老劉坐。可老劉不肯坐，只連聲說：「站著好，站著好！」鄉長又招呼老劉坐，老劉才顫巍巍地坐在鄉長對面的椅子上。

老劉伸著頸項：「鄉長，我、我，不，我們向您請求個事情。」

「啥事？說吧。」鄉長問。

「首先申明一點，這個事情不是我一個人的想法。」老劉憋紅著臉。

「究竟是啥事兒，你說吧，老劉！」鄉長提高了聲音說道。

鄉長突然抬高的聲音，把老劉嚇了一跳，他猛地抖了一下：「算了，鄉長，要是有些難辦，就算了。」

「是啥事你總得說出來我才知道難辦不難辦呀。你說吧，老劉。」鄉長看著老劉，一臉真誠。

老劉看了看了鄉長的眼神，「咳咳」地清了清喉嚨。老劉總感覺舌頭有些僵直乾膩，哆嗦半天話總不出口，就順手抓過桌邊的一隻茶杯，猛喝了幾口，話終於說了出來：「我們幾個退休職工想搞個活動，到外面去看一看。」

鄉長一驚，盯著老劉「啊」的一聲。

鄉長猛地站起身，雙手一把奪過老劉手中的茶杯：「你怎麼能隨便喝我的茶杯？」

老劉盯著鄉長傻了。

這事兒很快從鄉裡傳到縣裡，縣長立即打電話給鄉長：「一個退休工人喝了你的茶杯，你竟然是那個態度，這是嚴重的官本位思想，嚴重的脫離群眾，我要處分你！」

鄉長一聽，急了：「縣長，您聽我解釋！」

「事情都明擺著的，你還有什麼可解釋的？」縣長厲聲問道。

鄉長也嚴肅地說道：「縣長，你不知道，我的茶杯除了我，誰也不能用，包括我的老婆孩子。」

「咋啦？」縣長驚愕。

「我得了肝炎，目前正在治療。」鄉長平靜地說道。

電話那頭，突然沉默了。

老趙收禮

這天早晨，煤礦安監員老趙剛到井口，就見採煤工人小王邊偷偷抽煙邊往裡走。老趙一把抓過小王嘴上的煙捲，狠狠地扔在地上，一邊踩一邊大聲訓斥：「這是嚴重的違章，進安全學習班去！」

小王連忙點頭哈腰說好話，表示以後再不違反了，求老趙網開一面。

老趙看小王很老實的樣子，就緩和了一下口氣：「去幹活吧，下班再說。」

中午下了班，老趙剛進屋，就見小王不知從哪裡尾隨著進門來，手裡拎著一隻黑色塑膠袋，放到桌上，轉身就走。沒等老趙反應過來，他已跑遠了。

老趙連忙打開袋子，不禁「啊」的一聲，原來是一條中華煙。雖然以前也有違章的人被逮到後硬送他香煙，但那就是一盒，並且只值三五塊錢。而這次小王卻破天荒地送一條，而且是高檔煙。

老趙拿起煙，看了又看，聞了又聞。隔著煙盒紙，他似乎聞到了醇香。仔細端詳了一會兒，老趙把煙輕輕放到桌上，自言自語地說：「我雖然喜好這一口，可再好也不能收啊，收了就是犯錯誤，收了就對不起安全檢查這份工作，更對不起自己的良心！」老趙抽了半輩子煙，大多是兩三塊一包的，連五塊的就很少買，更別說買中華了。四五百塊一條煙，買米要買三百斤哪！

看著中華煙，老趙就想起了女兒的工作。寶貝女兒從技校畢業，他想把女兒的工作落實下來，找個活兒幹幹。於是就找當地人事部門，人事部門領導也答應了，說：「好，我們研究研究，等需要時就考慮安排。」聽領導這麼一說，老趙就等，等了一年多，其他和女兒一起上學的孩子都上了班，就是沒他女兒的份。老婆成天埋怨老趙光顧自己工作，不管她娘兒倆的死活。其實老趙也知道，這年頭辦什麼事，都要送禮，你不送禮人家就不給你辦。可家裡困難，就老趙一個人工作，拿什麼去送呢？

想到這，老趙的心裡酸酸的。他年輕時也下井采過煤，知道採煤的苦。況且小王的父母都有病，家庭很困難，送這條中華煙實屬無奈啊！

老趙立即把煙收好，然後到銀行取了錢，騎自行車去了礦裡。

老趙來到採煤區值班室，對值班的說：「我托小王幫我買了點東西，請你把這五百塊錢轉交給他。」

晚上，老趙正要上床休息，聽見有人敲門，開門一看，正是小王。只見小王紅著臉，低著頭，哆嗦著說：「趙師傅，我錯了，不該糊弄你，那是一條假煙，這是你的五百塊錢……我保證，以後再也不違章了，明天我就去安全學習班。」

老趙心頭一熱，淚水差點滾了出來。

匿名電話

市建設局局長因涉嫌一樁經濟大案被「請」進了檢察院反貪局。

這天晚上，廉局長正獨坐案頭分析案情，突然電話鈴聲響了，廉局長下意識地看了看來電顯示，顯示幕上一片空白，便禮貌地說道：「喂，你好！」

這時，話筒裡傳出一個嬌裡嬌氣的女聲：「廉局長你好，我想找你聊一聊市建設局的事兒。我到你家裡來吧，順便給嫂夫人帶點兒護膚品什麼的。」

「不行，我現在沒空，我們歡迎你反映有關市建設局的一切事情。但到我家裡來不行，請你明天去反貪局吧！」廉局長說道。

對方「叭」地擱了電話。

第二天早上，剛到辦公室，廉局長的手機響了。一看，又是匿名電話。

廉局長一摁接聽鍵，裡面傳出一個朗朗的男中音：「廉局長啊，你好啊！我是省委組織部的，聽檢察系統的同志們說，廉局長你工作認真負責，在反腐敗戰線上為黨和人民挽回了不少損失啊。我想啊，這次換屆，市委也該考慮考慮像你這樣的『老黃牛』

啦！」

廉局長立即打斷話：「請問你究竟有什麼事？」

「那……廉局長，我就明說吧！建設局局長是我鐵哥們兒，過去也為城市建設做了不少貢獻，我想請你高抬貴手……」

廉局長立刻打斷話，嚴肅地說：「任何拿損害國家和人民利益而中飽私囊的蛀蟲，我們都要嚴懲不貸！」說完，廉局長「叭」地掛了電話。

深夜，廉局長正躺在床上為案件的事情而輾轉難眠，突然電話鈴聲又響了。一看，又是匿名電話。拿起話筒，一個低沉而兇狠的男人在電話中說道：「廉局長，我希望你在建設局局長的問題上好之為之，不要太過份了！如果你再繼續查下去，小心你和家人的性命！」

廉局長立刻怒火中曉，他強硬而鎮定地答道：「我明確地告訴你，這個案子我不查個水落石出絕不甘休。另外我警告你，如果你膽敢鋌而走險，那將使你走向犯罪深淵！」

「叭！」廉局長重重地掛了電話。

天一亮，廉局長向家人交代了一下安全事項，就匆匆趕到辦公室重新審閱案情材料。這時，敲門聲響起。

廉局長警惕地開門，站在門口的是市建設局財務科科長。

科長一進門，就一把抓住廉局長的手說：「廉局長，我對不起你啊！」

「怎麼啦？」廉局長驚問。

科長說道：「那些匿名電話就是我安排家人打來試探你的。你在利誘、恐嚇面前剛正不阿、正直無私，真令我欽佩啊！我今天給你帶來了這幾年的所有財務資料，也許對案審有幫助。」

「感謝你！」廉局長眼眶一熱，接著緊緊地握住科長的手。

洗澡

傍晚時分，在一家公共浴室門前，縣公安局王局長和一個農民不期而遇。

「張二娃！」王局長喊叫一聲，一臉驚喜。

「王毛……」農民話剛出口，便嘎然而止。

「怎麼啦，不認識我王毛子啦？」王局長板著臉。

「不是的，聽說你現在當了……」農民不好意思地笑笑。

「當了局長你就不敢喊啦？」王局長打斷他的話，仍舊木著臉。

「嘿嘿嘿……」農民仍舊不好意思地笑笑。

「你現在在幹啥？」王局長一臉悅色。

「不怕你笑話，進城扛棒棒找點零花錢。」農民說道。

「哦……」王局長沉思片刻，喊道：「走，不談了，我陪你洗澡去！」

兩人走進澡堂，各就各位放水洗澡，沒再言語。

不一會兒，霧氣騰騰中，王局長突然出現在農民面前。

「幹……幹啥？」農民看著赤條條濕淋淋的王局長，驚得倒退一步。

「小時候，在村頭堰塘裡洗澡，經常是我要你給我搓背。今天我來補起，給你搓搓背吧。」王局長一本正經地說道。

「這、這怎麼要得喲？」農民一臉驚惑。

「啥要不得，來吧！」王局長一把扳過農民的肩膀，拿起香皂認認真真地搓起來。

農民頓覺眼眶潮潤，一時啞然……

父親進城

強子在縣城裡打了三年工，掙了點錢。掙了錢的強子就想到了住在窮山溝裡的父親。這天，強子打電話到村長家裡，叫父親來接電話。父子倆在電話中噓寒問暖一陣，強子就說：「爸爸，到城裡來玩一玩吧。」父親一聽樂了：「好啊，我活了大半輩子還沒見過縣城是啥模樣呢！」

第二天，強子請了假，早早到車站候父親。快晌午時分，父親終於出現在強子面前，扛著一大袋土特產。強子接過父親肩上的東西，心想父親趕了半天的車也累了，況且還沒坐過小車，就招手攔了輛計程車，打的回到住處。一下車，強子付給司機五元錢車費，父親一見，心疼地說：「強子，才幾分鐘就花了五塊錢，在老家要賣十個雞蛋了。」

放好東西，強子領著父親出門吃飯。走進一家餐館，強子拿過功能表，點了菜。父親問：「多少錢？」強子說：「不貴，五十多塊錢。」「五十多塊錢？」父親把眼睛瞪得銅錢大，「五十多塊錢要買一頭仔豬了！」父親說完，拉起強子奪門而逃，驚得店主及食客不知何事。沒辦法，強子只得同父親在麵館吃了兩元錢一碗的素面。

吃罷午飯，強子提議陪父親逛公園。父親問：「公園裡有些啥玩意兒？」強子說：「花草樹木多得很。」「要不要錢？」父親又問。「十塊錢一個人。」強子說。一聽錢，父親把頭搖得像撥浪鼓：「算了算了，在老家哪裡沒有花草樹木，不花錢就看個夠。」「那就去城外看英雄紀念館吧，不要錢。」強子又提議道。「對對對，去接受一下教育也好。」父親連忙答應。

強子同父親步行了十多里，到城郊參觀英雄紀念館，看得父親唏噓不已，讚歎不止。

在縣城玩了一天，強子要上班，父親就告辭回老家。在車站，強子含著眼淚對父親說：「爸爸，我本想讓你到城裡來長長見識，結果你讓我長了見識，今後我一定好好幹活，不亂花錢！」父親拍著強子的肩膀，說：「孩子，你知道就好，當老漢的這趟總算沒有白來！」

最後一堂課

第一天，張老師走進教室，拍了拍桌子，安靜了課堂，對學生們說：「同學們，今天我為大家上最後一堂課。」

學生們吃驚地看看老師，然後你看我、我看你，便認真聽起課來。

第二天，張老師走進教室，用教鞭敲了敲桌子，安靜了課堂，對學生們說：「同學們，今天我為大家上最後一堂課。」

學生驚奇地看看老師，接著你看我、我看你，吐了吐舌頭，就聽起課來。

第三天，張老師走進教室，抬手揮了揮，安靜了課堂。

張老師接著說：「同學們，今天我為大家上最後一堂課。」

學生們立刻哄地笑起來，教室裡炸開了鍋。班長站起來問：「張老師，你這是演哪出戲啊？都上三天最後一堂課了！」

張老師揮揮手，沒有回答就上起課來。

第四天，上課鈴一響，一個年輕女子就走進教室，說：「同學們，從今天起，我給大家代幾天課。」

「張老師呢？」學生們驚異地問。

「張老師住院了，我是他的女兒，我給大家上幾天課吧。」年輕女人眼圈紅了。

帶你去殯儀館

一下班，王鑒明就一陣風似的跑回家。剛斜躺在沙發上，他就抑制不住內心的喜悅，對妻子說道：「準備幾個好菜，把爸爸叫過來，今天晚上我們爺兒倆喝幾杯。」

妻子瞧瞧丈夫喜出望外的樣子，心裡也跟著喜了七八分，但還差二三分不知何事，就問：「撞上了啥好事，說來聽聽。」

王鑒明慢條斯理點上煙，然後慢慢地吐了一串煙圈，說：「組織上讓我到局裡下屬單位作『一把手』。」

「喔！我的好老公當官囉！」妻子一聽，高興得跳起來。

「快去準備，六點鐘準時開飯！」王鑒明再次向妻子作出安排。妻子一臉喜色，說了聲「遵命」，就穿上高跟鞋，提著菜藍子「可哥可」下樓了。

王鑒明的妻子在菜市場用手機給王鑒明的父親打了個電話，親熱地叫他晚上六點鐘到家裡來吃飯。由於菜市場裡嘈雜，加之人多，王鑒明的妻子就沒說王鑒明當官的事。

王鑒明的父親接完電話，有些納悶。老伴死後，王鑒明想讓父親搬過去一起住，可王鑒明的妻子死活不同意，為這事兒王鑒明的妻子和王鑒明的父親各自心裡生了很長一段時間的悶氣，公媳間從沒打過電話。今天是咋啦，不但打電話來問候，還客客氣氣地叫他去吃晚飯。

王鑒明的父親決定去看個究竟，剛到六點鐘就來到兒子家裡。剛被兒子、兒媳熱情地請上座，父親就心裡「咯噔」一聲，吃了一驚：桌上除了天上飛的、地上跑的、水裡游裡幾個好菜外，還擺著一瓶少見的「五糧液」。

父親怔怔地看著兒子兒媳，沒說一句話。然而兒子兒媳被喜氣籠罩，沒有注意到父親的表情，碗筷還沒擺好，兒媳就喜笑顏開地告訴父親：「爸爸，鑒明當官了！」

「哦，那好呀，我們家還沒出過當官的咧！」父親咧嘴一笑，心裡一塊石頭終於落地。

兒子一邊給父親倒酒，一邊笑著接過話：「組織部剛決定的，已經找我談話了！雖然是局裡下屬單位的，但是個『一把手』，能管錢管物了！」

爺兒倆喝酒，沒有多少客套。王鑒明一邊不停地和父親碰杯，一邊興奮地向父親講著組織部找他談話的經過，兒媳也不停地給父親夾菜。父親忙得只顧碰杯、喝酒、吃菜，不住地點頭。

吃完飯，父親要出去散散步。他起身對王鑒明說：「你好好休息休息，明天一早和我去殯儀館一趟。」

「幹嘛？」王鑒明問。

「去了就知道。」父親說完，走出門去。

王鑒明和妻子面面相覷。

第二天六點鐘剛過，父親就打來電話，約王鑒明在殯儀館門口見面。

王鑒明趕到殯儀館，見父親一臉嚴肅地站在那裡。在低沉的哀樂聲中，父親帶著王鑒明來到一處靈堂前，說：「馬上要出殯了，送火葬場了。」接著慢慢地向死者跪下，燒了一把紙錢，磕了三個頭。

王鑒明也像父親那樣，向死者跪下，燒了一把低錢，磕了三個頭。

然後，父親來到靈柩前，凝視著死者。王鑒明也跟著父親走到靈柩前，凝視著死者。只見死者約摸五十歲的樣子，卻眼窩塌陷，臉色紫青，很嚇人。

父親默默地走出靈堂，王鑒明也急急地跟了出來。剛到殯儀館門口，王鑒明就問：「死者是我們家哪位遠房親戚？」

「不是。」父親說道。

「是你的哪位朋友？」王鑒明又問。

「也不是，我們都不認識。」父親答道。

「那，爸爸，你大清早的帶我到殯儀館來，就為了看一個陌生的死者？」王鑒明有些生氣了。

「兒啊，你說說人活著最想要什麼？」父親沒有回答他，反而問道。

「人活著最想要的無非是自由和金錢。」王鑒明不假思索地答道。

「那，死了呢？」父親又問道。

「這還用問？死了就什麼也沒有了！」王鑒明有些不耐煩了。

「對啊，孩子！人活在世上，什麼都可以得到，包括自由和金錢。可一旦躺進了殯儀館，這些東西還與他何干？我希望你進了這趟殯儀館，應該有所覺悟，當了官也要好好生活、好好工作，不該去的地方不去，不該要的東西不要，正確對待人生！」父親說完，扭頭就走。

王鑒明也跟著走了出來，心裡似乎亮堂許多。

後　記

書寫人生華章

寫作，是我唯一的業餘愛好。二十多年來，我的業餘時間幾乎全用在了寫作上。

其實，我從事業餘寫作純屬偶然。那時我在另一座縣城讀師範，一九八八年三月的一天，我從同學手中借閱一本《遼寧青年》雜誌，無意中見到雜誌上有一則「徵文啟事」。也許是「徵文啟事」措詞誘人，我一時衝動，立即找出作文本，借來稿箋紙，從近二十篇作文中選出一篇自我感覺良好、老師評價較高的「作品」，經語文老師多次修改、潤色後，迫不及待地寄給了徵文主辦單位《遼寧日報》社。如同播下一粒種子，便企盼著它發芽、開花。從那以後，我幾乎天天跑學校收發室，我心中充滿希望，一趟又一趟，正當我感到沮喪時，突然在半年後的一天，班主任老師笑眯眯地交給我一封《遼寧日報》社寄來的信件。當我拆開信封，抖抖索索地取出一本紅燦燦的獲獎證書時，教室裡立刻沸騰起來，同學們不顧一切地擁到我的面前……原來，我的那篇習作獲得了首屆全國「春風杯」青少年文學大賽優秀獎。當夜，我失眠了。

從此，我便留心觀察周圍事物在改革開放中發生的深刻變化，潛心從事著寫作，做起了文學夢。為了寫作，我放棄了節假日，放棄了所有休息時間。

當別人在麻將桌上「拼搏」，在歌舞廳裡如幻如夢地「ＯＫ」的時候，我卻在文字中苦苦跋涉，在文學殿堂裡尋找著靈魂的寄託。當然，勤勞必會換來收穫。每一次寫完稿件，我都如十月懷胎的孕婦，享受著一朝分娩後的快樂。每一件作品發表了，我都像孩子長大成人後的輕鬆。二十多年來，因為文學，我提升了自身素養，豐富了業餘生活；也因為文學，我結識了許多文朋詩友和文學前輩，並在文學前輩們的關心下進了機關工作。

在本書出版之際，我謹向文學路上所有關心、幫助我的前輩和朋友們深深鞠躬！

作者于二〇一二年仲夏

釀文學136 PG0921

請你下車
——夏興初極短篇小說選

作　　者	夏興初
主　　編	蔡登山
責任編輯	鄭伊庭
圖文排版	彭君如
封面設計	秦禎翊

出版策劃	釀出版
製作發行	秀威資訊科技股份有限公司 114 台北市內湖區瑞光路76巷65號1樓 電話：+886-2-2796-3638　傳真：+886-2-2796-1377 服務信箱：service@showwe.com.tw http://www.showwe.com.tw
郵政劃撥	19563868　戶名：秀威資訊科技股份有限公司
展售門市	國家書店【松江門市】 104 台北市中山區松江路209號1樓 電話：+886-2-2518-0207　傳真：+886-2-2518-0778
網路訂購	秀威網路書店：http://www.bodbooks.com.tw 國家網路書店：http://www.govbooks.com.tw
法律顧問	毛國樑　律師
總 經 銷	聯合發行股份有限公司 231新北市新店區寶橋路235巷6弄6號4F 電話：+886-2-2917-8022　傳真：+886-2-2915-6275

出版日期	2013年4月　BOD一版
定　　價	360元

Printed in Taiwan

國家圖書館出版品預行編目

請你下車：夏興初極短篇小說選 / 夏興初作. -- 一版. --
臺北市：釀出版, 2013.04
面；　公分. --(釀文學)
BOD版
ISBN　978-986-5871-20-8 (平裝)

857.63　　102002159

讀者回函卡

感謝您購買本書，為提升服務品質，請填妥以下資料，將讀者回函卡直接寄回或傳真本公司，收到您的寶貴意見後，我們會收藏記錄及檢討，謝謝！
如您需要了解本公司最新出版書目、購書優惠或企劃活動，歡迎您上網查詢或下載相關資料：http:// www.showwe.com.tw

您購買的書名：________________________________

出生日期：________年________月________日

學歷：□高中（含）以下　□大專　□研究所（含）以上

職業：□製造業　□金融業　□資訊業　□軍警　□傳播業　□自由業
　　　□服務業　□公務員　□教職　□學生　□家管　□其它____

購書地點：□網路書店　□實體書店　□書展　□郵購　□贈閱　□其他

您從何得知本書的消息？

□網路書店　□實體書店　□網路搜尋　□電子報　□書訊　□雜誌
□傳播媒體　□親友推薦　□網站推薦　□部落格　□其他________

您對本書的評價：(請填代號　1.非常滿意　2.滿意　3.尚可　4.再改進)

封面設計____　版面編排____　內容____　文／譯筆____　價格____

讀完書後您覺得：

□很有收穫　□有收穫　□收穫不多　□沒收穫

對我們的建議：________________________________

____

____

____

請貼
郵票

11466
台北市內湖區瑞光路 76 巷 65 號 1 樓
秀威資訊科技股份有限公司 收
BOD 數位出版事業部

（請沿線對折寄回，謝謝！）

姓　　名：＿＿＿＿＿＿＿＿　年齡：＿＿＿＿　性別：□女　□男

郵遞區號：□□□□□

地　　址：＿＿＿＿＿＿＿＿＿＿＿＿＿＿＿＿＿＿＿＿

聯絡電話：(日)＿＿＿＿＿＿＿＿＿＿（夜）＿＿＿＿＿＿＿＿＿＿

E-mail：＿＿＿＿＿＿＿＿＿＿＿＿＿＿＿＿＿＿＿＿